走近
鲁迅

# 鲁迅诗歌

鲁迅 著
陈武 选编

广陵书社·扬州

图书在版编目（ＣＩＰ）数据

鲁迅诗歌 / 鲁迅著；陈武选编. -- 扬州：广陵书
社，2023.3
　（走近鲁迅 / 陈武主编）
　ISBN 978-7-5554-1819-1

　Ⅰ．①鲁… Ⅱ．①鲁… ②陈… Ⅲ．①鲁迅诗歌－诗
集 Ⅳ．①I210.5

中国版本图书馆CIP数据核字(2022)第067515号


丛 书 名　走近鲁迅
丛书主编　陈　武


书　　　名　鲁迅诗歌
著　　　者　鲁　迅　　　　　选　　编　陈　武
责任编辑　方慧君　　　　　特约编辑　罗路晗
出 版 人　曾学文　　　　　装帧设计　鸿儒文轩

出版发行　广陵书社
　　　　　扬州市四望亭路 2-4 号　邮编：225001
　　　　　http://www.yzglpub.com　E-mail:yzglss@163.com
印　　刷　三河市华东印刷有限公司

开　　本　880mm×1230mm　　1/32
字　　数　91 千字
印　　张　5.75
版　　次　2023 年 3 月第 1 版
印　　次　2023 年 3 月第 1 次印刷
书　　号　ISBN 978-7-5554-1819-1
定　　价　38.00 元

# 目　录

别诸弟（庚子二月）……………………… 001

莲蓬人 ………………………………………… 003

庚子送灶即事 ……………………………… 004

祭书神文 …………………………………… 005

和仲弟送别元韵（并跋）………………… 007

惜花四律（步湘州藏春园主人元韵）………… 009

自题小像 …………………………………… 011

宝塔诗 ……………………………………… 012

进兮歌 ……………………………………… 014

战哉歌 ……………………………………… 016

哀范君三章 ………………………………… 017

梦 ……………………………………………… 020

爱之神 …………………………………………… 021

桃　花 …………………………………………… 023

他们的花园 ……………………………………… 024

人与时 …………………………………………… 026

替豆其伸冤 ……………………………………… 027

《而已集》题辞 ………………………………… 028

哈哈爱兮歌三首 ………………………………… 030

吊卢骚 …………………………………………… 032

题赠冯蕙熹 ……………………………………… 033

赠邬其山 ………………………………………… 034

送 O.E. 君携兰归国 …………………………… 035

为了忘却的记念 ………………………………… 036

赠日本歌人 ……………………………………… 037

无　题 大野多钩棘 ……………………………… 038

湘灵歌 …………………………………………… 039

无题二首（其一）大江日夜向东流 …………… 040

无题二首（其二）雨花台边埋断戟 …………… 041

送增田涉君归国 ………………………………… 042

好东西歌 ………………………………………… 043

公民科歌 ………………………………………… 044

"言词争执" 歌 ………………………………… 046

无　题 血沃中原肥劲草 ················· 048

南京民谣 ················· 049

偶　成 ················· 050

赠蓬子 ················· 051

一·二八战后作 ················· 052

自　嘲 ················· 053

教授杂咏四首（其一） ················· 054

教授杂咏四首（其二） ················· 055

教授杂咏四首（其三） ················· 056

教授杂咏四首（其四） ················· 057

所　闻 ················· 058

无题二首（其一）故乡黯黯锁玄云 ················· 059

无题二首（其二）皓齿吴娃唱柳枝 ················· 060

无　题 洞庭木落楚天高 ················· 061

答客诮 ················· 062

二十二年元旦 ················· 063

赠画师 ················· 064

学生和玉佛 ················· 065

吊大学生 ················· 066

题《呐喊》 ················· 067

题《彷徨》 ················· 068

悼杨铨 ················· 069

题三义塔 ················· 070

无 题 禹域多飞将 ················· 071

悼丁君 ················· 072

赠人二首（其一） ················· 073

赠人二首（其二） ················· 074

无 题 一枝清采妥湘灵 ················· 075

无 题 烟水寻常事 ················· 076

阻郁达夫移家杭州 ················· 077

报载患脑炎戏作 ················· 078

无 题 万家墨面没蒿莱 ················· 079

秋夜偶成 ················· 080

题《芥子园画谱·三集》赠许广平 ················· 081

亥年残秋偶作 ················· 082

附录：野草

题 辞 ················· 085

秋 夜 ················· 087

影的告别 ················· 090

求乞者 ················· 092

我的失恋

　　——拟古的新打油诗 ·················· 094

复　仇 ····················· 097

复　仇（其二）··············· 100

希　望 ····················· 103

雪 ························· 106

风　筝 ····················· 109

好的故事 ··················· 113

过　客 ····················· 116

死　火 ····················· 124

狗的驳诘 ··················· 127

失掉的好地狱 ··············· 129

墓碣文 ····················· 132

颓败线的颤动 ··············· 134

立　论 ····················· 138

死　后 ····················· 140

这样的战士 ················· 146

聪明人和傻子和奴才 ········· 149

腊　叶 ····················· 152

淡淡的血痕中

    ——记念几个死者和生者和未生者 ········ 154

一　觉 ················································ 156


**编后记**····································· 陈　武　159

# 别诸弟（庚子二月）*

一

谋生无奈日奔驰，有弟偏教各别离。

最是令人凄绝处，孤檠长夜雨来时。

二

还家未久又离家，日暮新愁分外加。

---

　　* "庚子二月"即清光绪二十六年农历二月（1900年阳历
3月）。这首诗是鲁迅1900年初从南京江南陆师学堂附设的矿务
铁路学堂回家度寒假后返校而作。

夹道万株杨柳树，望中都化断肠花。

## 三

从来一别又经年，万里长风送客船。
我有一言应记取，文章得失不由天。

# 莲蓬人 <sup>*</sup>

芰裳荇带处仙乡，风定犹闻碧玉香。

鹭影不来秋瑟瑟，苇花伴宿露瀼瀼。

扫除腻粉呈风骨，褪却红衣学淡妆。

好向濂溪称净植，莫随残叶堕寒塘。

---

　　* 作于清光绪二十六年（1900）年底寒假，据周作人日记
所附《柑酒听鹂笔记》辑录而出。

# 庚子送灶即事 *

鲁迅诗歌
——
004

只鸡胶牙糖，典衣供瓣香。

家中无长物，岂独少黄羊。

---

* 创作时间为庚子年十二月二十三日，即 1901 年 2 月 11 日。后收入《鲁迅全集补遗续编》。周作人《旧日记里的鲁迅》载："廿三日：晴冷。夜送灶，大哥作一绝送之，予和一首。"

# 祭书神文 *

上章困敦之岁，贾子祭诗之夕，会稽戛剑生等谨以寒泉冷华，祀书神长恩，而缀之以俚词曰：

今之夕兮除夕，香焰氤氲兮烛焰赤。

钱神醉兮钱奴忙，君独何为兮守残籍？

华筵开兮腊酒香，更点点兮夜长。

人喧呼兮入醉乡，谁荐君兮一觞。

---

\* 本诗创作时间为 1901 年 2 月 18 日，鲁迅生前未发表。1936 年 11 月，周作人《关于鲁迅》发表诗题。后收入《鲁迅全集补遗续编》。周作人在《鲁迅的故家·百草园·祭书神》一文中说："夜拜像，又向诸尊长辞岁，及毕疲甚。饭后祭书神长恩，豫才兄作文祝之。"

绝交阿堵兮尚剩残书，把酒大呼兮君临我居。

緗旗兮芸舆，挈脉望兮驾蠹鱼。

寒泉兮菊蒩，狂诵《离骚》兮为君娱。

君之来兮毋徐徐，君友漆妃兮管城侯。

向笔海而啸傲兮，倚文冢以淹留。

不妨导脉望而登仙兮，引蠹鱼之来游。

俗丁伧父兮为君仇，勿使履阈兮增君羞。

若弗听兮止以吴钩，示之《丘》《索》兮棘其喉。

令管城脱颖以出兮，使彼惙惙以心忧。

宁召书癖兮来诗囚，君为我守兮乐未休。

他年芹茂而樨香兮，购异籍以相酬。

# 和仲弟送别元韵（并跋）<sup>*</sup>

梦魂常向故乡驰，始信人间苦别离。

---

　*　这组诗作于辛丑年二月十四日（1901 年 4 月 2 日），未公开发表，收入《鲁迅全集补遗续编》。1901 年 3 月 15 日，鲁迅假满返回学校，周作人用《别诸弟（庚子二月）》原韵作诗三章赠别。据周作人《旧日记里的鲁迅》："廿五日：晴。上午大哥收拾行李，傍晚同椒生叔祖、子衡叔启行往宁。夜，用戛剑生《别诸弟》原韵，作七绝三首以送之。"诗作如下：

一片征帆逐雁驰，江干烟树已离离。
苍茫独立增惆怅，却忆联床话雨时。

小桥杨柳野人家，酒入愁肠恨转加。
芍药不知离别苦，当阶犹自发春花。

家食于今又一年，美人破浪泛楼船。
自惭鱼鹿终无就，欲拟灵均问昊天。

夜半倚床忆诸弟，残灯如豆月明时。

日暮舟停老圃家，棘篱绕屋树交加。
怅然回忆家乡乐，抱瓮何时更养花？

春风容易送韶年，一棹烟波夜驶船。
何事脊令偏傲我，时随帆顶过长天。

仲弟次予去春留别元韵三章，即以送别，并索和。予每把笔，辄黯然而止。越十余日，客窗偶暇，潦草成句，即邮寄之。嗟乎！登楼陨涕，英雄未必忘家；执手销魂，兄弟竟居异地！深秋明月，照游子而更明；寒夜怨笳，遇羁人而增怨。此情此景，盖未有不悄然以悲者矣！

辛丑仲春戛剑生拟删草

# 惜花四律（步湘州藏春园主人元韵）*

鸟啼铃语梦常萦，闲立花荫盼嫩晴。
怵目飞红随蝶舞，关心茸碧绕阶生。
天于绝代偏多妒，时至将离倍有情。
最是令人愁不解，四檐疏雨送秋声。

剧怜常逐柳绵飘，金屋何时贮阿娇？
微雨欲来勤插棘，熏风有意不鸣条。

---

　* 这组诗最早收入《集外集拾遗补编》，后被唐弢编入《鲁迅全集补遗续编》，一般认为作于 1901 年 3—4 月间。据周作人《旧日记里的鲁迅》："下午从调马场上坟回，接大哥廿六日函，并《惜花》诗四首。"周振甫据此提出准确创作时间为辛丑年二月二十六日（1901 年 4 月 14 日）。

莫教夕照催长笛，且踏春阳过板桥。
只恐新秋归塞雁，兰艘载酒桨轻摇。

细雨轻寒二月时，不缘红豆始相思。
堕裀印屟增惆怅，插竹编篱好护持。
慰我素心香袭袖，撩人蓝尾酒盈卮。
奈何无赖春风至，深院荼蘼已满枝。

繁英绕甸竞呈妍，叶底闲看蛱蝶眠。
室外独留滋卉地，年来幸得养花天。
文禽共惜春将去，秀野欣逢红欲然。
戏仿唐宫护佳种，金铃轻绾赤阑边。

# 自题小像 *

灵台无计逃神矢，风雨如磐暗故园。

寄意寒星荃不察，我以我血荐轩辕。

---

\* 这首诗于 1936 年 10 月 27 日由许寿裳首次发表于《我
所认识的鲁迅》一文中："鲁迅对于民族解放事业，坚贞无比，
在一九〇三年留学东京时，赠我小像，后补以诗。"在《怀旧》
中又说："一九〇三年，他二十三岁，在东京有一首《自题小像》
赠我。"诗题是许寿裳自己加上去的。

# 宝塔诗 *

鲁迅诗歌

012

* 这首诗的创作时间大约在 1903 年 3—4 月间，首次发表于 1961 年 9 月 23 日沈瓞民《回忆鲁迅早年在弘文学院的片断》一文，诗题是后来研究者另加上去的。当时留学日本的鲁迅与沈瓞民同为东京弘文学院学生，沈瓞民回忆说："中国留学生很多，流品不齐。革命的和反革命的两大阵营，壁垒颇森严。留学生中，拖着长辫，誓死保皇是一派；反清的革命志士，鼓吹革命，无所顾忌是一派。"作为革命派的鲁迅，自然"嫉恶如仇，对东京留学生中的保皇派，作坚决的斗争。尤其对同学中保皇派的丑态，常加以白眼，或嗤之以鼻"。后来他又补充道："东京成城学校是中国留学生学习陆军的预备学校，进成城读书的，一定要经中国留学生陆军监督审查批准，因此革命派的学生较少，保皇派很多，在东京满街乱跑，学成后，回国给反动的清朝政府效劳。鲁迅看了很生气，在自修室，曾写了些打油诗。我还记得其中一首宝塔诗……"这些文字可以加深对这首诗的理解。

兵

成城

大将军

威风凛凛

处处有精神

挺胸肚开步行

说什么自由平等

哨官营官是我本分

# 进兮歌 *

进兮进兮伟丈夫！日居月诸浩迁徂。

曷弗大啸上征途，努力不为天所奴！

沥血奋斗红模糊，

迅雷震首，我心惊栗乎？

迷阳棘足，我行却曲乎？

---

* 这首诗摘自鲁迅翻译凡尔纳的小说《地底旅行》，原无诗题，一般都把它称作《进兮歌》。《地底旅行》是鲁迅 1903 年留学日本弘文学院时翻译的。1982 年第 2 期《中国现代文学研究丛刊》刊发钦鸿、闻彬《反帝爱国的豪迈战歌——介绍新发现的一首鲁迅旧诗〈进兮歌〉》一文，文中说："过去，研究者们都视之为鲁迅的译诗，而未予注意。实际上，它完全出自鲁迅之手，应该归于鲁迅的创作诗中。"

战天而败神不痛，意气须学撒旦粗！

吁嗟乎！

尔曹胡为彷徨而踟蹰？呜呼！

# 战哉歌 *

战哉！此战场伟大而庄严兮，

尔何为遗尔友而生还兮？

尔生还兮蒙大耻，尔母笞尔兮死则止。

---

　　* 摘自鲁迅 1903 年 5 月所译《斯巴达之魂》，一般认为是
鲁迅在译文的基础上转译而成。《斯巴达之魂》最初发表在《浙
江潮》第五期和第九期，后收入《集外集》。

# 哀范君三章 *

## 其一

风雨飘摇日，余怀范爱农。

---

\*  这组诗作于 1912 年 7 月 22 日，发表在 1912 年 8 月 21 日绍兴《民兴日报》上，署名黄棘。原题为《哀范君三章》，也有作《哭范爱农》和《哀诗三首》的。7 月 19 日《鲁迅日记》曰："晨得二弟信，十二日绍兴发，云范爱农以十日水死，悲夫悲夫！君子无终，越之不幸也，于是何几仲辈为群大蠹。"诗题中的范君即日记里的范爱农，他名肇基，字斯年，号爱农，是革命党人徐锡麟的学生，还是革命团体光复会的重要成员，留学日本时与鲁迅结识，学成后归国。鲁迅《朝花夕拾》曾对范爱农归国后的境况做过描述："（范爱农）回到故乡之后，又受着轻蔑、排斥、迫害，几乎无地可容。"只好"躲在乡下，教着几个小学生糊口"。1912 年 7 月 10 日，范爱农溺水身亡，鲁迅"疑心他是自杀，因为他是浮水的好手，不容易淹死的"。

华颠萎寥落，白眼看鸡虫。

世味秋荼苦，人间直道穷。

奈何三月别，竟尔失畸躬。

## 其二

海草国门碧，多年老异乡。

狐狸方去穴，桃偶已登场。

故里寒云恶，炎天凛夜长。

独沉清冽水，能否涤愁肠？

## 其三

把酒论当世，先生小酒人。

大圜犹茗艼，微醉自沉沦。

此别成终古，从兹绝绪言。

故人云散尽，我亦等轻尘！

我于爱农之死，为之不怡累日，至今未能释然。昨忽成诗三章，随手写之，而忽将鸡虫做入，真是奇绝妙绝，辟历一声，速死豸之大狼狈矣。今录上，希大鉴定家鉴定，如不恶，乃可登诸《民兴》也。天下虽未必仰望已久，然我亦岂能已于言乎？二十三日，树又言。

# 梦 [*]

很多的梦，趁黄昏起哄。

前梦才挤却大前梦，后梦又赶走了前梦。

 去的前梦黑如墨，在的后梦墨一般黑；

 去的在的仿佛都说，"看我真好颜色。"

颜色许好，暗里不知；

而且不知道：说话的是谁？


暗里不知，身热头痛。

你来你来！明白的梦。

---

 [*] 本篇最初发表于 1918 年 5 月 15 日北京《新青年》月刊
第四卷第五号，署名唐俟。

# 爱之神 *

一个小娃子，展开翅子在空中，

一手搭箭，一手张弓，

不知怎么一下，一箭射着前胸。

　"小娃子先生，谢你胡乱栽培！

　但得告诉我：我应该爱谁？"

娃子着慌，摇头说，"唉！

你是还有心胸的人，竟也说这宗话。

　你应该爱谁，我怎么知道。

---

　* 本篇最初发表于 1918 年 5 月 15 日北京《新青年》第
四卷第五号，署名唐俟。爱之神，古罗马神话中有爱神丘比特，
是一个身生双翅手持弓箭的美少年，他的金箭射到青年男女的
心上，就会产生爱情。

总之我的箭是放过了！

你要是爱谁，便没命的去爱他；

你要是谁也不爱，也可以没命的去自己死掉。"

# 桃　花 *

春雨过了，太阳又很好，随便走到园中。

桃花开在园西，李花开在园东。

　我说，"好极了！桃花红，李花白"。

　（没说，桃花不及李花白。）

桃花可是生了气，满面涨作"杨妃红"。

　好小子！真了得！竟能气红了面孔。

　我的话可并没得罪你，你怎的便涨红了面孔？

　唉！花有花道理，我不懂。

---

　* 本篇最初发表于 1918 年 5 月 15 日《新青年》第四卷第
五号，署名唐俟。

# 他们的花园 *

小娃子，卷螺发，

银黄面庞上还有微红，——看他意思是正要活。

　走出破大门，望见邻家：

　他们大花园里，有许多好花。

用尽小心机，得了一朵百合；

又白又光明，像才下的雪。

好生拿了回家，映着面庞，分外添出血色；

　苍蝇绕花飞鸣，乱在一屋子里——

　"偏爱这不干净花，是胡涂孩子！"

---

　* 本篇最初发表于 1918 年 7 月 15 日《新青年》第五卷第
一号，署名唐俟。

忙看百合花，却已有几点蝇矢。

看不得；舍不得。

瞪眼望天空，他更无话可说。

说不出话，想起邻家：

他们大花园里，有许多好花。

# 人与时 *

一人说，将来胜过现在。

一人说，现在远不及从前。

一人说，什么？

时道，你们都侮辱我的现在。

　从前好的，自己回去。

　将来好的，跟我前去。

　这说什么的，

　我不和你说什么。

----

　*　本篇最初发表于 1918 年 7 月 15 日《新青年》第五卷第
一号，署名唐俟。

# 替豆萁伸冤 *

煮豆燃豆萁，萁在釜下泣——
我烬你熟了，正好办教席！

* 这首诗创作于 1925 年 6 月 5 日，摘录自《华盖集·咬
文嚼字（三）》，最初发表于同年 6 月 7 日的《京报副刊》，后收
入《华盖集》。该诗创作的时代背景是：时任北京女子师范大学
校长的杨荫榆受命于北洋军阀政府，在教育总长章士钊"整顿
学风"的方针下，对几名因迟到未能及时入学的学生采取勒令
退学的强制措施，并对校内一切正当的爱国举动实行禁止。这
种不合学校章程和时代潮流的行为迅速激起广大学生的反抗，
这就是史上著名的"女师大学潮"。

# 《而已集》题辞<sup></sup>

这半年我又看见了许多血和许多泪，

然而我只有杂感而已。


泪揩了，血消了；

屠伯们逍遥复逍遥，

用钢刀的，用软刀的。

然而我只有"杂感"而已。


连"杂感"也被"放进了应该去的地方"时，我于

---

\* 本诗作于 1926 年 10 月 24 日，原附在《华盖集续编》
末尾。1928 年在编校《而已集》时，鲁迅把它作为《而已集》
的题辞。

是只有"而已"而已!

　　以上的八句话,是在一九二六年十月十四夜里,编完那年那时为止的杂感集后,写在末尾的,现在便取来作为一九二七年的杂感集的题辞。

　　一九二八年十月三十日,鲁迅校讫记。

# 哈哈爱兮歌三首 *

哈哈爱兮爱乎爱乎！

爱青剑兮一个仇人自屠。

夥颐连翩兮多少一夫。

一夫爱青剑兮呜呼不孤。

头换头兮两个仇人自屠。

一夫则无兮爱乎呜呼！

爱乎呜呼兮呜呼阿呼，

阿呼呜呼兮呜呼呜呼！

---

\* 该诗摘自《铸剑》，创作时间为 1926 年 10 月至 1927 年 4 月间，发表于 1927 年 4 月 25 日和 5 月 10 日的《莽原》半月刊第二卷第八、九期，后收入《故事新编》。

哈哈爱兮爱乎爱乎！

爱兮血兮兮谁乎独无。

民萌冥行兮一夫壶卢。

彼用百头颅，千头颅兮用万头颅！

我用一头颅兮而无万夫。

爱一头颅兮血乎呜呼！

血乎呜呼兮呜呼阿呼，

阿呼呜呼兮呜呼呜呼！


王泽流兮浩洋洋；

克服怨敌，怨敌克服兮，赫兮强！

宇宙有穷止兮万寿无疆。

幸我来也兮青其光！

青其光兮永不相忘。

异处异处兮堂哉皇！

堂哉皇哉兮嗳嗳唷，

嗟来归来，嗟来陪来兮青其光！

# 吊卢骚 *

脱帽怀铅出，先生盖代穷。

头颅行万里，失计造儿童。

---

　　* 该诗作于 1928 年 4 月 10 日，是《头》的附诗，发表于同年 4 月 23 日的《语丝》周刊第四卷第十七期上。原无标题，后辑入《三闲集》。

# 题赠冯蕙熹<sup>*</sup>

杀人有将，救人为医。

杀了大半，救其孑遗。

小补之哉，乌乎噫嘻！

---

\* 该诗作于 1930 年 9 月 1 日，1962 年 12 月 23 日《天津晚报》载吴世昌《鲁迅集外的四言诗》，首次公开出现此诗。冯蕙熹是许广平表妹，广东南海人，1927 年考入北京协和医学院，这首诗是鲁迅应冯蕙熹之请所题。

# 赠邬其山 *

廿年居上海，每日见中华：

有病不求药，无聊才读书。

一阔脸就变，所砍头渐多。

忽而又下野，南无阿弥陀。

* 该诗创作时间为 1931 年初，后来收入《集外集拾遗》，标题为当时编者所加。邬其山即内山完造。

# 送 O.E. 君携兰归国 <sup>*</sup>

椒焚桂折佳人老，独托幽岩展素心。

岂惜芳馨遗远者，故乡如醉有荆榛。

---

\* 该诗创作于 1931 年 2 月 11—12 日之间，最初发表于 1931 年《文艺新闻》第二十二号，标题是后来收入《集外集》时鲁迅自己所加。据《鲁迅日记》："雨雪。日本京华堂主人小原荣次郎君买兰将东归，为赋一绝句，书以赠之。"小原荣次郎即诗题中所说的 O.E. 君，O.E. 是罗马音译字 Obara Eijiro 的缩写，鲁迅曾两次赠同一诗作予他。

# 为了忘却的记念 *

惯于长夜过春时，挈妇将雏鬓有丝。

梦里依稀慈母泪，城头变幻大王旗。

忍看朋辈成新鬼，怒向刀丛觅小诗。

吟罢低眉无写处，月光如水照缁衣。

---

    *  该诗作于 1931 年 2 月，见《南腔北调集·为了忘却的记念》，原无标题，随《为了忘却的记念》一文发表于《现代》第二卷第六期。1932 年 7 月 11 日《鲁迅日记》载："又书一小幅，录去年旧作云：惯于长夜过春时……"日记中"忍看"作"眼看"；"刀丛"作"刀边"。标题为编者所加。

# 赠日本歌人 <sup>*</sup>

春江好景依然在，远国征人此际行。
莫向遥天望歌舞，西游演了是封神。

———————

* 该诗作于 1931 年 3 月 5 日，最初发表于 1934 年 7 月
20 日《人间世》半月刊第八期。标题是收入《集外集》时所加。

# 无　题[*]

大野多钩棘，长天列战云。

几家春袅袅，万籁静愔愔。

下土惟秦醉，中流辍越吟。

风波一浩荡，花树已萧森。

---

[*]　据 1931 年 3 月 5 日《鲁迅日记》："午后为升屋、松藻、松元各书自作一幅，文录于后……"鲁迅赠升屋和松元的诗作分别为《送日本歌人》和《湘灵歌》，这首诗是为松藻所作，并与《送 O.E. 君携兰归国》和《湘灵歌》同时发表于 1931 年《文艺新闻》第二十二号，后收入《集外集》。松藻全名为片山松藻，幼年因贫困多病为鲁迅好友内山完造收养，后与内山嘉吉完婚。

# 湘灵歌 *

昔闻湘水碧如染，今闻湘水胭脂痕。

湘灵妆成照湘水，皎如皓月窥彤云。

高丘寂寞竦中夜，芳荃零落无余春。

鼓完瑶瑟人不闻，太平成象盈秋门。

---

　　* 　该诗见于 1931 年 3 月 5 日的《鲁迅日记》，受赠者松元
三郎时为上海日本女子学校教员。周振甫等人据此判断 1931 年
3 月 5 日为本诗的创作时间；张自强则认为这首诗初创于 1930
年 9 至 10 月间，为友人徐诗荃而作，1931 年春改写。

# 无题二首（其一）*

大江日夜向东流，聚义群雄又远游。
六代绮罗成旧梦，石头城上月如钩。

　　*　据 1931 年 6 月 14 日《鲁迅日记》："为宫崎龙介君书一幅云：'大江日夜向东流……'"《鲁迅诗稿》文字与日记有一定出入，如"群雄"作"英雄"，所选版本从《鲁迅日记》。后该诗与另一首无题诗一同被许广平收入《集外集拾遗》。

# 无题二首（其二）<sup>*</sup>

雨花台边埋断戟，莫愁湖里余微波。

所思美人不可见，归忆江天发浩歌。

---

　　* 据 1931 年 6 月 14 日《鲁迅日记》:"又为白莲女士书一
幅云:'雨花台边埋断戟……'"作家白莲原名柳原烨子,是宫
崎龙介的妻子。1931 年,二人一同来华旅行,受二人之邀,鲁
迅题诗两首作赠。

# 送增田涉君归国 <sup>*</sup>

扶桑正是秋光好，枫叶如丹照嫩寒。
却折垂杨送归客，心随东棹忆华年。

---

\* 1931 年 12 月 2 日《鲁迅日记》："作送增田涉君归国诗
一首并写讫，诗云：'扶桑正是秋光好……'"增田涉是日本的
中国文学研究者，1931 年初来上海，经内山完造介绍与鲁迅相
识，并带着疑问请鲁迅讲解《呐喊》《彷徨》等著作。他还按照
鲁迅的口述翻译了《中国小说史略》。

# 好东西歌 *

南边整天开大会，北边忽地起烽烟，北人逃难南人嚷，请愿打电闹连天。还有你骂我来我骂你，说得自己蜜样甜。文的笑道岳飞假，武的却云秦桧奸。相骂声中失土地，相骂声中捐铜钱，失了土地捐过钱，喊声骂声也寂然。文的牙齿痛，武的上温泉。后来知道谁也不是岳飞或秦桧，声明误解释前嫌，大家都是好东西，终于聚首一堂来吸雪茄烟。

* 本篇最初发表于 1931 年 12 月 11 日上海《十字街头》半月刊第一期，署名阿二。

# 公民科歌 *

　　何键将军捏刀管教育，说道学校里边应该添什么。首先叫作"公民科"，不知这科教的是什么。但愿诸公勿性急，让我来编教科书，做个公民实在弗容易，大家切莫耶耶乎。第一着，要能受，蛮如猪猡力如牛，杀了能吃活就做，瘟死还好熬熬油。第二着，先要磕头，先拜何大人，后拜孔阿丘，拜得不好就砍头，砍头之际莫讨命，要命便是反革命，大人有刀你有头，这点天职应该尽。第三着，莫讲爱，自由结婚放洋屁，最好是做第十第廿姨太太，如果爹娘要钱化，几百几千可以卖，正了

　　＊　本篇最初发表于 1931 年 12 月 11 日上海《十字街头》半月刊第一期，署名阿二。

风化又赚钱，这样好事还有吗？第四着，要听话，大人怎说你怎做。公民义务多得很，只有大人自己心里懂，但愿诸公切勿死守我的教科书，免得大人一不高兴就说阿拉是反动。

# "言词争执"歌 *

　　一中全会好忙碌，忽而讨论谁卖国，粤方委员叽哩咕，要将责任归当局。吴老头子老益壮，放屁放屁来相嚷，说道卖的另有人，不近不远在场上。有的叫道对对对，有的吹了嘘嘘嘘，嘘嘘一通不打紧，对对恼了皇太子，一声不响出"新京"，会场旗色昏如死。许多要人夹屁追，恭迎圣驾请重回，大家快要一同"赴国难"，又拆台基何苦来？香槟走气大菜冷，莫使同志久相等，老头自动不出席，再没狐狸来作梗。况且名利不双全，那能推苦只尝甜？卖就大家都卖不都不，否则一方面子太难

---

　　* 本篇最初发表于 1932 年 1 月 5 日《十字街头》第三期（初为双周刊，本期改为旬刊），署名阿二。

堪。现在我们再去痛快淋漓喝几巡，酒酣耳热都开心，什么事情就好说，这才能慰在天灵。理论和实际，全都括括叫，点点小龙头，又上火车道。只差大柱石，似乎还在想火并，展堂同志血压高，精卫先生糖尿病，国难一时赴不成，虽然老吴已经受告警。这样下去怎么好，中华民国老是没头脑，想受党治也不能，小民恐怕要苦了。但愿治病统一都容易，只要将那"言词争执"扔在茅厕里，放屁放屁放狗屁，真真岂有之此理。

047

"言词争执"歌

# 无　题 *

血沃中原肥劲草，寒凝大地发春华。
英雄多故谋夫病，泪洒崇陵噪暮鸦。

---

　　*　1932 年 1 月 23 日《鲁迅日记》："午后为高良夫人写一
小幅，句云：'血沃中原肥劲草……'"又，1 月 12 日记："夜同
广平往内山君寓晚饭，同座又有高良富子夫人。"高良富子时任
东京女子大学教授。

# 南京民谣 *

大家去谒灵，

强盗装正经。

静默十分钟，

各自想拳经。

---

    *   这首民谣最初发表于 1931 年 12 月 25 日出版的《十字街头》第二期上，未署名。后编入《集外集拾遗》。

# 偶　成 [*]

文章如土欲何之，翘首东云惹梦思。
所恨芳林寥落甚，春兰秋菊不同时。

---

　　[*]　1932 年 3 月 31 日《鲁迅日记》："……又为沈松泉书一幅云：'文章如土欲何之……'"沈松泉，曾从事诗歌创作，代表作有《死灰》《少女与妇人》等。他曾创办光华书局，出版过鲁迅、郭沫若等人的著述及创造社、左联等组织的刊物。

# 赠蓬子 *

蓦地飞仙降碧空，云车双辆挈灵童。
可怜蓬子非天子，逃去逃来吸北风。

---

\* 1932 年 3 月 31 日《鲁迅日记》："……又为蓬子书一幅
云：'蓦地飞仙降碧空……'"《鲁迅全集》在此诗下注云："本诗
为鲁迅应姚蓬子请求写字时的即兴记事……"蓬子姓姚，原名
梦生。

# 一·二八战后作 *

战云暂敛残春在，重炮清歌两寂然。
我亦无诗送归棹，但从心底祝平安。

---

　　*　　1932 年 7 月 11 日《鲁迅日记》："午后为山本初枝女士
书一笺，云：'战云暂敛残春在……'"山本初枝在同年 8 月回
日本后，又写了俳句"战火分离各东西，鲁迅无恙心欢喜"作
为回报。山本初枝是日本诗人、和歌作者，一生崇尚和平，反
对一切侵略行为。

# 自　嘲 *

运交华盖欲何求，未敢翻身已碰头。

破帽遮颜过闹市，漏船载酒泛中流。

横眉冷对千夫指，俯首甘为孺子牛。

躲进小楼成一统，管它冬夏与春秋。

---

\* 1932 年 10 月 12 日《鲁迅日记》："午后为柳亚子书一条幅，云：'运交华盖欲何求……达夫赏饭，闲人打油，偷得半联，凑成一律以请'云云。"标题是收入《集外集》时鲁迅所加。

# 教授杂咏四首（其一）*

作法不自毙，悠然过四十。

何妨赌肥头，抵当辩证法。

---

\* 1932 年 12 月 29 日《鲁迅日记》："午后为梦禅及白频写《教授杂咏》各一首，其一云：'作法不自毙……'其二云：'可怜织女星……'"后来此诗作为《教授杂咏四首》之一被收入《集外集拾遗》。许寿裳在《鲁迅的游戏文章》中认为这首诗是咏钱玄同的。钱玄同，浙江吴兴人，鲁迅好友。《呐喊·自序》中"老朋友金心异"就是指钱玄同。

# 教授杂咏四首（其二） *

可怜织女星，化为马郎妇。
乌鹊疑不来，迢迢牛奶路。

---

* 许寿裳在《鲁迅的游戏文章》中认为这首诗是咏赵景深的。赵景深，四川宜宾人，文学研究会成员，时任复旦大学教授和北新书局编辑，从事翻译工作。

# 教授杂咏四首（其三）<sup>*</sup>

鲁迅诗歌

056

世界有文学，少女多丰臀。

鸡汤代猪肉，北新遂掩门。

---

\* 　该诗创作时间不详，一说 1933 年，也有说是 1932 年。
后该诗作为《教授杂咏四首》之一被收入《集外集拾遗》。许寿
裳在《鲁迅的游戏文章》中认为这首诗是咏章衣萍的。章衣萍，
安徽绩溪人，曾为《语丝》撰稿人、暨南大学教授，时任北新
书局编辑。

# 教授杂咏四首（其四）<sup></sup>*

名人选小说，入线云有限。
虽有望远镜，无奈近视眼。

---

    * 该诗创作时间应晚于 1933 年 3 月，后作为《教授杂咏四首》之一被收入《集外集拾遗》。许寿裳在《鲁迅的游戏文章》中认为这首诗是咏谢六逸的。谢六逸，贵州贵阳人，曾为文学研究会会员，时任复旦大学教授和上海商务印书馆编辑，著有《水沫集》《茶话集》等。

# 所　闻 *

华灯照宴敞豪门，娇女严装侍玉樽。

忽忆情亲焦土下，佯看罗袜掩啼痕。

---

   * 据 1932 年 12 月 31 日《鲁迅日记》："为知人写字五幅，皆自作诗。为内山夫人写云：'华灯照宴敞豪门……'"内山夫人即内山美喜子，内山完造之妻。

# 无题二首（其一）

故乡黯黯锁玄云，遥夜迢迢隔上春。
岁暮何堪再惆怅，且持卮酒食河豚。

---

# 无题二首（其二）*

皓齿吴娃唱柳枝，酒阑人静暮春时。

无端旧梦驱残醉，独对灯阴忆子规。

---

* 据 1932 年 12 月 31 日《鲁迅日记》："为知人写字五幅，皆自作诗……为坪井学士云：'皓齿吴娃唱柳枝……'"又据 1932 年 12 月 28 日《鲁迅日记》："晚坪井先生来邀至日本饭馆食河豚，同去并有滨之上医士。"可见这首诗也与赴宴食河豚一事有关。

# 无　题 *

洞庭木落楚天高，眉黛猩红浣战袍。

泽畔有人吟不得，秋波渺渺失离骚。

---

　　* 据 1932 年 12 月 31 日《鲁迅日记》："为知人写字五幅，皆自作诗……为达夫云：'洞庭浩荡楚天高，眉黛心红浣战袍。泽畔有人吟亦险，秋波渺渺失离骚。'"后鲁迅将该诗收入《集外集》，并对文字做了改动："浩荡"作"木落"，"心红"作"猩红"，"亦险"作"不得"。

# 答客诮 *

无情未必真豪杰，怜子如何不丈夫。

知否兴风狂啸者，回眸时看小於菟。

---

　　* 1932 年 12 月 31 日《鲁迅日记》："为知人写字五幅，皆自作诗……为达夫云：'洞庭浩荡楚天高……'又一幅云：'无情未必真豪杰……'"许寿裳《怀旧》一文对该诗的创作因由做过交代："这大概是为他的爱子海婴活泼会闹，客人指为溺爱而作。"

# 二十二年元旦 *

云封高岫护将军，霆击寒村灭下民。

到底不如租界好，打牌声里又新春。

---

\* 据 1933 年 1 月 26 日《鲁迅日记》："旧历申年元旦……又戏为邬其山生书一笺云：'云封胜境护将军……'已而毁之，别录以寄静农，改'胜境'为'高岫'，'落'为'击'，'戮'为'灭'也。"标题中的"二十二年"指民国二十二年（1933）。

# 赠画师 *

风生白下千林暗，雾塞苍天百卉殚。

愿乞画家新意匠，只研朱墨作春山。

---

# 学生和玉佛 <sup>*</sup>

寂寞空城在，仓皇古董迁。

头儿夸大口，面子靠中坚。

惊扰讵云妄？奔逃只自怜：

所嗟非玉佛，不值一文钱。

* 该诗作于 1933 年 1 月 30 日，原无标题。据《南腔北调集·学生和玉佛》："三十日，'堕落文人'周动轩先生见之，有诗叹曰：'寂寞空城在……'"此文最初发表于 1933 年 2 月 16 日《论语》半月刊第十一期，署名动轩。

# 吊大学生 *

阔人已骑文化去，此地空余文化城。

文化一去不复返，古城千载冷清清。

专车队队前门站，晦气重重大学生。

日薄榆关何处抗，烟花场上没人惊。

---

    * 该诗见于鲁迅 1933 年 1 月 31 日所作《崇实》，内容大略如下："这回北平的迁移古物和不准大学生逃难，发令的有道理，批评的也有道理，不过这都是些字面，并不是精髓……费话不如少说，只剥崔颢《黄鹤楼》诗以吊之，曰：'阔人已骑文化去……'"该文以"何家干"的名义初次发表在同年 2 月的《申报·自由谈》上，收入《伪自由书》时，鲁迅对原诗做了改动："日入"作"日薄"。

# 题《呐喊》<sup>*</sup>

弄文罹文网，抗世违世情。

积毁可销骨，空留纸上声。

---

　　*　据1933年3月2日《鲁迅日记》："山县氏索小说并题诗，于夜写二册赠之。《呐喊》云：'弄文罹文网……'"山县氏即山县初男，对中国古典文学有兴趣，在内山完造的介绍下与鲁迅相识。

# 题《彷徨》<sup>*</sup>

寂寞新文苑，平安旧战场。

两间余一卒，荷戟独彷徨。

<hr>

# 悼杨铨 *

岂有豪情似旧时，花开花落两由之。
何期泪洒江南雨，又为斯民哭健儿。

悼
杨
铨

---

* 据 1933 年 6 月 21 日《鲁迅日记》："下午为坪井先生之
友樋口良平君书一绝云：'岂有豪情似旧时……'"诗题中的杨
铨，字杏佛，江西清江人，曾为南社社员，时为国民党政府中
央研究院总干事、中国民权保障同盟执行委员。

# 题三义塔 *

三义塔者，中国上海闸北三义里遗鸠埋骨之塔也，在日本，农人共建之。

奔霆飞熛歼人子，败井颓垣剩饿鸠。

偶值大心离火宅，终遗高塔念瀛洲。

精禽梦觉仍衔石，斗士诚坚共抗流。

度尽劫波兄弟在，相逢一笑泯恩仇。

---

\* 据 1933 年 6 月 21 日《鲁迅日记》："为西村真琴博士书一横卷云：'奔霆飞焰歼人子……西村博士于上海战后得丧家之鸠，持归养之。初亦相安，而终化去，建塔以藏，且征题咏。率成一律，聊答遝情云尔。一九三三年六月二十一日鲁迅并记。'"标题和小序是鲁迅将此诗寄送给《集外集》编辑杨霁云时所加，并将原诗中的"焰"改作"熛"。

# 无　题<sup>*</sup>

禹域多飞将，蜗庐剩逸民。

夜邀潭底影，玄酒颂皇仁。

---

<sup>*</sup>　据 1933 年 6 月 28 日《鲁迅日记》："下午为萍荪书一幅云：'禹域多飞将……'又为陶轩书一幅云：'如磐遥夜拥重楼……'二幅皆达夫持来。"黄萍荪，浙江杭州人，曾以求教之名托郁达夫向名人索取题诗，鲁迅、柳亚子等均为索取对象。

# 悼丁君 *

如磐夜气压重楼，剪柳春风导九秋。

瑶瑟凝尘清怨绝，可怜无女耀高丘。

---

　　* 据 1933 年 6 月 28 日《鲁迅日记》："下午为萍荪书一幅云：'禹域多飞将……'又为陶轩书一幅云：'如磐遥夜拥重楼……'二幅皆达夫持来。"后鲁迅对该诗做了修改，"遥夜"作"夜气"、"拥"作"压"、"湘"作"瑶"，并寄给好友曹聚仁要求发表："旧诗一首，不知可登《涛声》否？"（1933 年 9 月 21 日《致曹聚仁》）。曹聚仁将该诗发表在 1933 年 9 月 30 日出版的《涛声》周刊第二卷第三十八期上。标题中的"丁君"即丁玲，原名蒋冰之，湖南临澧人，左联作家，代表作有《莎菲女士的日记》《太阳照在桑干河上》等。

# 赠人二首（其一）<sup>*</sup>

明眸越女罢晨妆，荇水荷风是旧乡。
唱尽新词欢不见，旱云如火扑晴江。

---

* 据 1933 年 7 月 21 日《鲁迅日记》："午后为森本清八君写诗一幅云：'秦女端容弄玉筝……'又一幅云：'明眸越女罢晨妆……'"

# 赠人二首（其二）<sup>*</sup>

秦女端容理玉筝，梁尘踊跃夜风轻。

须臾响急冰弦绝，但见奔星劲有声。

<hr>

　　* 据1933年7月21日《鲁迅日记》："午后为森本清八君
写诗一幅云：'"秦女端容弄玉筝……"'又一幅云：'明眸越女罢
晨妆……"'"诗中"理"作"弄"，"但"作"独"。鲁迅在将该
诗寄给《集外集》编辑杨霁云时曾说："这与'越女……'那一
首是一起的。"

# 无　题 *

一枝清采妥湘灵，九畹贞风慰独醒。
无奈终输萧艾密，却成迁客播芳馨。

---

　　*　据 1933 年 11 月 27 日《鲁迅日记》："午后得河内信。
为土屋文明氏书一笺云：'一枝清采妥湘灵……'即作书寄山本
夫人。"土屋文明，日本和歌诗人。致力于诗集《万叶集》的研
究，著有诗集《冬草》《往返集》等。

# 无　题 *

烟水寻常事，荒村一钓徒。

深宵沉醉起，无处觅菰蒲。

---

　　* 据 1933 年 12 月 30 日《鲁迅日记》："又为黄振球书一幅云：'烟水寻常事……'"

# 阻郁达夫移家杭州 *

钱王登假仍如在，伍相随波不可寻。

平楚日和憎健翮，小山香满蔽高岑。

坟坛冷落将军岳，梅鹤凄凉处士林。

何似举家游旷远，风波浩荡足行吟。

---

* 据 1933 年 12 月 30 日《鲁迅日记》："午后为映霞书四幅一律云：'钱王登遐仍如在……'"诗中"登遐"作"登假"，"风沙"作"风波"。该诗最初发表于 1934 年 7 月 20 日《人间世》半月刊第八期署名"高疆"的《今人诗话》，标题为编者所加。

# 报载患脑炎戏作 *

横眉岂夺蛾眉冶，不料仍违众女心。
诅咒而今翻异样，无如臣脑故如冰。

***

* 据 1934 年 3 月 16 日《鲁迅日记》："闻天津《大公报》记我患脑炎，戏作一绝寄静农云：'横眉岂夺蛾眉冶……'"又《鲁迅诗稿》："三月十五夜闻谣戏作，以博静兄一粲。旅隼。""旅隼"为"鲁迅"谐音。

# 无　题<sup>*</sup>

万家墨面没蒿莱，敢有歌吟动地哀。

心事浩茫连广宇，于无声处听惊雷。

---

　　* 据 1934 年 5 月 30 日《鲁迅日记》："午后为新居格君书一幅云：'万家墨面没蒿莱……'"新居格是日本作家、文艺批评家，曾任《读卖新闻》《朝日新闻》记者，赴中国旅行时相继与周作人、鲁迅相识。

# 秋夜偶成 *

绮罗幕后送飞光，柏栗丛边作道场。

望帝终教芳草变，迷阳聊饰大田荒。

何来酪果供千佛，难得莲花似六郎。

中夜鸡鸣风雨集，起然烟卷觉新凉。

---

# 题《芥子园画谱·三集》赠许广平 *

十年携手共艰危，以沫相濡亦可哀。
聊借画图怡倦眼，此中甘苦两心知。

---

* 该诗作于 1934 年 12 月 9 日，原无标题、标点。

# 亥年残秋偶作 *

鲁迅诗歌

082

曾惊秋肃临天下，敢遣春温上笔端。

尘海苍茫沉百感，金风萧瑟走千官。

老归大泽菰蒲尽，梦坠空云齿发寒。

竦听荒鸡偏阒寂，起看星斗正阑干。

---

* 据 1935 年 12 月 5 日《鲁迅日记》："午后……为季市书一小幅，云：'曾惊秋肃临天下……'"《鲁迅诗稿》诗后题："亥年残秋偶作录应季市吾兄教正。"该诗最初见于 1936 年 12 月 19日许寿裳的《怀旧》，他在文中补充道："去年我备了一张宣纸，请他（鲁迅）写些旧作，不拘文言或白话，到了今年七月一日，我们见面，他说去年的纸，已经写就，时正卧病在床，便命景宋检出给我，是一首《亥年残秋偶作》……"

附 录：

野
草

# 题　辞 *

　当我沉默着的时候，我觉得充实；我将开口，同时感到空虚。

　　过去的生命已经死亡。我对于这死亡有大欢喜，因为我借此知道它曾经存活。死亡的生命已经朽腐。我对于这朽腐有大欢喜，因为我借此知道它还非空虚。

　　生命的泥委弃在地面上，不生乔木，只生野草，这是我的罪过。

　　野草，根本不深，花叶不美，然而吸取露，吸取水，

　　* 本篇最初发表于1927年7月2日北京《语丝》周刊第一三八期。本篇作于广州，当时正值国民党在上海发动"四一二"反革命政变和广州发生"四一五"大屠杀后不久，它反映了鲁迅在险恶环境下的悲愤心情。

附录：野草

吸取陈死人的血和肉，各各夺取它的生存。当生存时，还是将遭践踏，将遭删刈，直至于死亡而朽腐。

但我坦然，欣然。我将大笑，我将歌唱。

我自爱我的野草，但我憎恶这以野草作装饰的地面。

地火在地下运行，奔突；熔岩一旦喷出，将烧尽一切野草，以及乔木，于是并且无可朽腐。

但我坦然，欣然。我将大笑，我将歌唱。

天地有如此静穆，我不能大笑而且歌唱。天地即不如此静穆，我或者也将不能。我以这一丛野草，在明与暗，生与死，过去与未来之际，献于友与仇，人与兽，爱者与不爱者之前作证。

为我自己，为友与仇，人与兽，爱者与不爱者，我希望这野草的死亡与朽腐，火速到来。要不然，我先就未曾生存，这实在比死亡与朽腐更其不幸。

去罢，野草，连着我的题辞！

一九二七年四月二十六日，鲁迅记于广州之白云楼上。

# 秋　夜 <sup>*</sup>

在我的后园，可以看见墙外有两株树，一株是枣树，还有一株也是枣树。

这上面的夜的天空，奇怪而高，我生平没有见过这样的奇怪而高的天空。他仿佛要离开人间而去，使人们仰面不再看见。然而现在却非常之蓝，闪闪地映着几十个星星的眼，冷眼。他的口角上现出微笑，似乎自以为大有深意，而将繁霜洒在我的园里的野花草上。

我不知道那些花草真叫什么名字，人们叫他们什么名字。我记得有一种开过极细小的粉红花，现在还开着，但是更极细小了，她在冷的夜气中，瑟缩地做梦，梦见

---

＊　本篇最初发表于 1924 年 12 月 1 日《语丝》周刊第三期。

春的到来，梦见秋的到来，梦见瘦的诗人将眼泪擦在她最末的花瓣上，告诉她秋虽然来，冬虽然来，而此后接着还是春，胡蝶乱飞，蜜蜂都唱起春词来了。她于是一笑，虽然颜色冻得红惨惨地，仍然瑟缩着。

枣树，他们简直落尽了叶子。先前，还有一两个孩子来打他们别人打剩的枣子，现在是一个也不剩了，连叶子也落尽了。他知道小粉红花的梦，秋后要有春；他也知道落叶的梦，春后还是秋。他简直落尽叶子，单剩干子，然而脱了当初满树是果实和叶子时候的弧形，欠伸得很舒服。但是，有几枝还低亚着，护定他从打枣的竿梢所得的皮伤，而最直最长的几枝，却已默默地铁似的直刺着奇怪而高的天空，使天空闪闪地鬼眣眼；直刺着天空中圆满的月亮，使月亮窘得发白。

鬼眣眼的天空越加非常之蓝，不安了，仿佛想离去人间，避开枣树，只将月亮剩下。然而月亮也暗暗地躲到东边去了。而一无所有的干子，却仍然默默地铁似的直刺着奇怪而高的天空，一意要制他的死命，不管他各式各样地眣着许多蛊惑的眼睛。

哇的一声，夜游的恶鸟飞过了。

我忽而听到夜半的笑声，吃吃地，似乎不愿意惊动睡着的人，然而四围的空气都应和着笑。夜半，没有别的人，我即刻听出这声音就在我嘴里，我也即刻被这笑声所驱逐，回进自己的房。灯火的带子也即刻被我旋高了。

后窗的玻璃上丁丁地响，还有许多小飞虫乱撞。不多久，几个进来了，许是从窗纸的破孔进来的。他们一进来，又在玻璃的灯罩上撞得丁丁地响。一个从上面撞进去了，他于是遇到火，而且我以为这火是真的。两三个却休息在灯的纸罩上喘气。那罩是昨晚新换的罩，雪白的纸，折出波浪纹的叠痕，一角还画出一枝猩红色的栀子。

猩红的栀子开花时，枣树又要做小粉红花的梦，青葱地弯成弧形了……我又听到夜半的笑声；我赶紧砍断我的心绪，看那老在白纸罩上的小青虫，头大尾小，向日葵子似的，只有半粒小麦那么大，遍身的颜色苍翠得可爱，可怜。

我打一个呵欠，点起一支纸烟，喷出烟来，对着灯默默地敬奠这些苍翠精致的英雄们。

一九二四年九月十五日。

# 影的告别 *

人睡到不知道时候的时候，就会有影来告别，说出那些话——

有我所不乐意的在天堂里，我不愿去；有我所不乐意的在地狱里，我不愿去；有我所不乐意的在你们将来的黄金世界里，我不愿去。

然而你就是我所不乐意的。

朋友，我不想跟随你了，我不愿住。

我不愿意！

呜乎呜乎，我不愿意，我不如彷徨于无地。

我不过一个影，要别你而沉没在黑暗里了。然而黑

＊　本篇最初发表于 1924 年 12 月 8 日《语丝》周刊第四期。

暗又会吞并我，然而光明又会使我消失。

然而我不愿彷徨于明暗之间，我不如在黑暗里沉没。

然而我终于彷徨于明暗之间，我不知道是黄昏还是黎明。我姑且举灰黑的手装作喝干一杯酒，我将在不知道时候的时候独自远行。

呜乎呜乎，倘若黄昏，黑夜自然会来沉没我，否则我要被白天消失，如果现是黎明。

朋友，时候近了。

我将向黑暗里彷徨于无地。

你还想我的赠品。我能献你甚么呢？无已，则仍是黑暗和虚空而已。但是，我愿意只是黑暗，或者会消失于你的白天；我愿意只是虚空，决不占你的心地。

我愿意这样，朋友——

我独自远行，不但没有你，并且再没有别的影在黑暗里。只有我被黑暗沉没，那世界全属于我自己。

一九二四年九月二十四日。

# 求乞者 *

我顺着剥落的高墙走路，踏着松的灰土。另外有几个人，各自走路。微风起来，露在墙头的高树的枝条带着还未干枯的叶子在我头上摇动。

微风起来，四面都是灰土。

一个孩子向我求乞，也穿着夹衣，也不见得悲戚，而拦着磕头，追着哀呼。

我厌恶他的声调，态度。我憎恶他并不悲哀，近于儿戏；我烦厌他这追着哀呼。

我走路。另外有几个人各自走路。微风起来，四面都是灰土。

---

* 本篇最初发表于 1924 年 12 月 8 日《语丝》周刊第四期。

一个孩子向我求乞，也穿着夹衣，也不见得悲戚，但是哑的，摊开手，装着手势。

我就憎恶他这手势。而且，他或者并不哑，这不过是一种求乞的法子。

我不布施，我无布施心，我但居布施者之上，给与烦腻，疑心，憎恶。

我顺着倒败的泥墙走路，断砖叠在墙缺口，墙里面没有什么。微风起来，送秋寒穿透我的夹衣；四面都是灰土。

我想着我将用什么方法求乞：发声，用怎样声调？装哑，用怎样手势？……

另外有几个人各自走路。

我将得不到布施，得不到布施心；我将得到自居于布施之上者的烦腻，疑心，憎恶。

我将用无所为和沉默求乞……

我至少将得到虚无。

微风起来，四面都是灰土。另外有几个人各自走路。

灰土，灰土，……

……

灰土……

一九二四年九月二十四日。

# 我的失恋 *

## ——拟古的新打油诗

我的所爱在山腰；

想去寻她山太高，

低头无法泪沾袍。

爱人赠我百蝶巾；

回她什么：猫头鹰。

从此翻脸不理我，

不知何故兮使我心惊。

---

　　* 本篇最初发表于 1924 年 12 月 8 日《语丝》周刊第四期。鲁迅在《〈野草〉英文译本序》中说："因为讽刺当时盛行的失恋诗，作《我的失恋》。"

我的所爱在闹市；

想去寻她人拥挤，

仰头无法泪沾耳。

爱人赠我双燕图；

回她什么：冰糖壶卢。

从此翻脸不理我，

不知何故兮使我胡涂。


我的所爱在河滨；

想去寻她河水深，

歪头无法泪沾襟。

爱人赠我金表索；

回她什么：发汗药。

从此翻脸不理我，

不知何故兮使我神经衰弱。


我的所爱在豪家；

想去寻她兮没有汽车，

摇头无法泪如麻。

爱人赠我玫瑰花；

回她什么：赤练蛇。

从此翻脸不理我，

不知何故兮——由她去罢。

一九二四年十月三日。

# 复　仇 *

　　人的皮肤之厚，大概不到半分，鲜红的热血，就循着那后面，在比密密层层地爬在墙壁上的槐蚕更其密的血管里奔流，散出温热。于是各以这温热互相蛊惑，煽动，牵引，拚命地希求偎倚，接吻，拥抱，以得生命的沉酣的大欢喜。

　　但倘若用一柄尖锐的利刃，只一击，穿透这桃红色的，菲薄的皮肤，将见那鲜红的热血激箭似的以所有温热直接灌溉杀戮者；其次，则给以冰冷的呼吸，示以淡白的嘴唇，使之人性茫然，得到生命的飞扬的极致的大

附录：野草

---

　　* 本篇最初发表于 1924 年 12 月 29 日《语丝》周刊第七期。鲁迅在《〈野草〉英文译本序》中说："因为憎恶社会上旁观者之多，作《复仇》第一篇。"

欢喜；而其自身，则永远沉浸于生命的飞扬的极致的大欢喜中。

这样，所以，有他们俩裸着全身，捏着利刃，对立于广漠的旷野之上。

他们俩将要拥抱，将要杀戮……

路人们从四面奔来，密密层层地，如槐蚕爬上墙壁，如马蚁要扛鲞头。衣服都漂亮，手倒空的。然而从四面奔来，而且拼命地伸长颈子，要赏鉴这拥抱或杀戮。他们已经豫觉着事后的自己的舌上的汗或血的鲜味。

然而他们俩对立着，在广漠的旷野之上，裸着全身，捏着利刃，然而也不拥抱，也不杀戮，而且也不见有拥抱或杀戮之意。

他们俩这样地至于永久，圆活的身体，已将干枯，然而毫不见有拥抱或杀戮之意。

路人们于是乎无聊；觉得有无聊钻进他们的毛孔，觉得有无聊从他们自己的心中由毛孔钻出，爬满旷野，又钻进别人的毛孔中。他们于是觉得喉舌干燥，脖子也乏了；终至于面面相觑，慢慢走散；甚而至于居然觉得干枯到失了生趣。

于是只剩下广漠的旷野，而他们俩在其间裸着全身，捏着利刃，干枯地立着；以死人似的眼光，赏鉴这路人

们的干枯，无血的大戮，而永远沉浸于生命的飞扬的极
致的大欢喜中。

一九二四年十二月二十日。

# 复　仇（其二）\*

因为他自以为神之子，以色列的王，所以去钉十字架。

兵丁们给他穿上紫袍，戴上荆冠，庆贺他；又拿一根苇子打他的头，吐他，屈膝拜他；戏弄完了，就给他脱了紫袍，仍穿他自己的衣服。

看哪，他们打他的头，吐他，拜他……

他不肯喝那用没药调和的酒，要分明地玩味以色列人怎样对付他们的神之子，而且较永久地悲悯他们的前途，然而仇恨他们的现在。

---

\*　本篇最初发表于 1924 年 12 月 29 日《语丝》周刊第七期。

四面都是敌意，可悲悯的，可咒诅的。

丁丁地响，钉尖从掌心穿透，他们要钉杀他们的神之子了，可悯的人们呵，使他痛得柔和。丁丁地响，钉尖从脚背穿透，钉碎了一块骨，痛楚也透到心髓中，然而他们自己钉杀着他们的神之子了，可咒诅的人们呵，这使他痛得舒服。

十字架竖起来了；他悬在虚空中。

他没有喝那用没药调和的酒，要分明地玩味以色列人怎样对付他们的神之子，而且较永久地悲悯他们的前途，然而仇恨他们的现在。

路人都辱骂他，祭司长和文士也戏弄他，和他同钉的两个强盗也讥诮他。

看哪，和他同钉的……

四面都是敌意，可悲悯的，可咒诅的。

他在手足的痛楚中，玩味着可悯的人们的钉杀神之子的悲哀和可咒诅的人们要钉杀神之子，而神之子就要被钉杀了的欢喜。突然间，碎骨的大痛楚透到心髓了，他即沉酣于大欢喜和大悲悯中。

他腹部波动了，悲悯和咒诅的痛楚的波。

遍地都黑暗了。

"以罗伊，以罗伊，拉马撒巴各大尼？！"（翻出来，就是：我的上帝，你为甚么离弃我？！）

上帝离弃了他，他终于还是一个"人之子"；然而以色列人连"人之子"都钉杀了。

钉杀了"人之子"的人们的身上，比钉杀了"神之子"的尤其血污，血腥。

一九二四年十二月二十日。

# 希　望 *

我的心分外地寂寞。

然而我的心很平安：没有爱憎，没有哀乐，也没有颜色和声音。

我大概老了。我的头发已经苍白，不是很明白的事么？我的手颤抖着，不是很明白的事么？那么，我的魂灵的手一定也颤抖着，头发也一定苍白了。

然而这是许多年前的事了。

这以前，我的心也曾充满过血腥的歌声：血和铁，火焰和毒，恢复和报仇。而忽而这些都空虚了，但有时

103
——
附录：野草

---

　　*　本篇最初发表于1925年1月19日《语丝》周刊第十期。鲁迅在《〈野草〉英文译本序》中说："因为惊异于青年之消沉，作《希望》。"

故意地填以没奈何的自欺的希望。希望，希望，用这希望的盾，抗拒那空虚中的暗夜的袭来，虽然盾后面也依然是空虚中的暗夜。然而就是如此，陆续地耗尽了我的青春。

我早先岂不知我的青春已经逝去了？但以为身外的青春固在：星，月光，僵坠的胡蝶，暗中的花，猫头鹰的不祥之言，杜鹃的啼血，笑的渺茫，爱的翔舞……虽然是悲凉漂渺的青春罢，然而究竟是青春。

然而现在何以如此寂寞？难道连身外的青春也都逝去，世上的青年也多衰老了么？

我只得由我来肉薄这空虚中的暗夜了。我放下了希望之盾，我听到 Petöfi Sándor（1823—49）的"希望"之歌：

> 希望是甚么？是娼妓：
>
> 她对谁都蛊惑，将一切都献给；
>
> 待你牺牲了极多的宝贝——
>
> 你的青春——她就弃掉你。

这伟大的抒情诗人，匈牙利的爱国者，为了祖国而死在可萨克兵的矛尖上，已经七十五年了。悲哉死也，然而更可悲的是他的诗至今没有死。

但是，可惨的人生！桀骜英勇如 Petöfi，也终于对了暗夜止步，回顾着茫茫的东方了。他说：

　　　绝望之为虚妄，正与希望相同。

倘使我还得偷生在不明不暗的这"虚妄"中，我就还要寻求那逝去的悲凉漂渺的青春，但不妨在我的身外。因为身外的青春倘一消灭，我身中的迟暮也即凋零了。

然而现在没有星和月光，没有僵坠的胡蝶以至笑的渺茫，爱的翔舞。然而青年们很平安。

我只得由我来肉薄这空虚中的暗夜了，纵使寻不到身外的青春，也总得自己来一掷我身中的迟暮。但暗夜又在那里呢？现在没有星，没有月光以至笑的渺茫和爱的翔舞；青年们很平安，而我的面前又竟至于并且没有真的暗夜。

绝望之为虚妄，正与希望相同！

　　　　　　　　　　　　一九二五年一月一日。

# 雪 *

　　暖国的雨，向来没有变过冰冷的坚硬的灿烂的雪花。博识的人们觉得他单调，他自己也以为不幸否耶？江南的雪，可是滋润美艳之至了；那是还在隐约着的青春的消息，是极壮健的处子的皮肤。雪野中有血红的宝珠山茶，白中隐青的单瓣梅花，深黄的磬口的蜡梅花；雪下面还有冷绿的杂草。胡蝶确乎没有；蜜蜂是否来采山茶花和梅花的蜜，我可记不真切了。但我的眼前仿佛看见冬花开在雪野中，有许多蜜蜂们忙碌地飞着，也听得他们嗡嗡地闹着。

---

　　* 本篇最初发表于 1925 年 1 月 26 日《语丝》周刊第十一期。

孩子们呵着冻得通红，像紫芽姜一般的小手，七八个一齐来塑雪罗汉。因为不成功，谁的父亲也来帮忙了。罗汉就塑得比孩子们高得多，虽然不过是上小下大的一堆，终于分不清是壶卢还是罗汉；然而很洁白，很明艳，以自身的滋润相粘结，整个地闪闪地生光。孩子们用龙眼核给他做眼珠，又从谁的母亲的脂粉奁中偷得胭脂来涂在嘴唇上。这回确是一个大阿罗汉了。他也就目光灼灼地嘴唇通红地坐在雪地里。

第二天还有几个孩子来访问他；对了他拍手，点头，嘻笑。但他终于独自坐着了。晴天又来消释他的皮肤，寒夜又使他结一层冰，化作不透明的水晶模样；连续的晴天又使他成为不知道算什么，而嘴上的胭脂也褪尽了。

但是，朔方的雪花在纷飞之后，却永远如粉，如沙，他们决不粘连，撒在屋上，地上，枯草上，就是这样。屋上的雪是早已就有消化了的，因为屋里居人的火的温热。别的，在晴天之下，旋风忽来，便蓬勃地奋飞，在日光中灿灿地生光，如包藏火焰的大雾，旋转而且升腾，弥漫太空，使太空旋转而且升腾地闪烁。

在无边的旷野上，在凛冽的天宇下，闪闪地旋转升腾着的是雨的精魂……

是的，那是孤独的雪，是死掉的雨，是雨的精魂。

一九二五年一月十八日。

# 风　筝<sup>*</sup>

　　北京的冬季，地上还有积雪，灰黑色的秃树枝丫叉于晴朗的天空中，而远处有一二风筝浮动，在我是一种惊异和悲哀。

　　故乡的风筝时节，是春二月，倘听到沙沙的风轮声，仰头便能看见一个淡墨色的蟹风筝或嫩蓝色的蜈蚣风筝。还有寂寞的瓦片风筝，没有风轮，又放得很低，伶仃地显出憔悴可怜模样。但此时地上的杨柳已经发芽，早的山桃也多吐蕾，和孩子们的天上的点缀相照应，打成一片春日的温和。我现在在那里呢？四面都还是严冬的肃

　　＊　本篇最初发表于 1925 年 2 月 2 日《语丝》周刊第十二期。

杀，而久经诀别的故乡的久经逝去的春天，却就在这天空中荡漾了。

但我是向来不爱放风筝的，不但不爱，并且嫌恶他，因为我以为这是没出息孩子所做的玩艺。和我相反的是我的小兄弟，他那时大概十岁内外罢，多病，瘦得不堪，然而最喜欢风筝，自己买不起，我又不许放，他只得张着小嘴，呆看着空中出神，有时至于小半日。远处的蟹风筝突然落下来了，他惊呼；两个瓦片风筝的缠绕解开了，他高兴得跳跃。他的这些，在我看来都是笑柄，可鄙的。

有一天，我忽然想起，似乎多日不很看见他了，但记得曾见他在后园拾枯竹。我恍然大悟似的，便跑向少有人去的一间堆积杂物的小屋去，推开门，果然就在尘封的什物堆中发见了他。他向着大方凳，坐在小凳上；便很惊惶地站了起来，失了色瑟缩着。大方凳旁靠着一个胡蝶风筝的竹骨，还没有糊上纸，凳上是一对做眼睛用的小风轮，正用红纸条装饰着，将要完工了。我在破获秘密的满足中，又很愤怒他的瞒了我的眼睛，这样苦心孤诣地来偷做没出息孩子的玩艺。我即刻伸手折断了胡蝶的一支翅骨，又将风轮掷在地下，踏扁了。论长幼，论力气，他是都敌不过我的，我当然得到完全的胜利，于是傲然走出，留他绝望地站在小屋里。后来他怎样，我不知道，也没有留心。

然而我的惩罚终于轮到了，在我们离别得很久之后，我已经是中年。我不幸偶而看了一本外国的讲论儿童的书，才知道游戏是儿童最正当的行为，玩具是儿童的天使。于是二十年来毫不忆及的幼小时候对于精神的虐杀的这一幕，忽地在眼前展开，而我的心也仿佛同时变了铅块，很重很重的堕下去了。

但心又不竟堕下去而至于断绝，他只是很重很重地堕着，堕着。

我也知道补过的方法的：送他风筝，赞成他放，劝他放，我和他一同放。我们嚷着，跑着，笑着。——然而他其时已经和我一样，早已有了胡子了。

我也知道还有一个补过的方法的：去讨他的宽恕，等他说，"我可是毫不怪你呵"。那么，我的心一定就轻松了，这确是一个可行的方法。有一回，我们会面的时候，是脸上都已添刻了许多"生"的辛苦的条纹，而我的心很沉重。我们渐渐谈起儿时的旧事来，我便叙述到这一节，自说少年时代的胡涂。"我可是毫不怪你呵。"我想，他要说了，我即刻便受了宽恕，我的心从此也宽松了罢。

"有过这样的事么？"他惊异地笑着说，就像旁听着别人的故事一样。他什么也不记得了。

　　全然忘却，毫无怨恨，又有什么宽恕之可言呢？无怨的恕，说谎罢了。

　　我还能希求什么呢？我的心只得沉重着。

　　现在，故乡的春天又在这异地的空中了，既给我久经逝去的儿时的回忆，而一并也带着无可把握的悲哀。我倒不如躲到肃杀的严冬中去罢，——但是，四面又明明是严冬，正给我非常的寒威和冷气。

一九二五年一月二十四日。

# 好的故事 *

灯火渐渐地缩小了,在预告石油的已经不多;石油又不是老牌,早熏得灯罩很昏暗。鞭爆的繁响在四近,烟草的烟雾在身边:是昏沉的夜。

我闭了眼睛,向后一仰,靠在椅背上;捏着《初学记》的手搁在膝髁上。

我在蒙胧中,看见一个好的故事。

这故事很美丽,幽雅,有趣。许多美的人和美的事,错综起来像一天云锦,而且万颗奔星似的飞动着,同时又展开去,以至于无穷。

---

  \* 本篇最初发表于 1925 年 2 月 9 日《语丝》周刊第十三期。

我仿佛记得曾坐小船经过山阴道，两岸边的乌桕，新禾，野花，鸡，狗，丛树和枯树，茅屋，塔，伽蓝，农夫和村妇，村女，晒着的衣裳，和尚，蓑笠，天，云，竹……都倒影在澄碧的小河中，随着每一打桨，各各夹带了闪烁的日光，并水里的萍藻游鱼，一同荡漾。诸影诸物，无不解散，而且摇动，扩大，互相融和；刚一融和，却又退缩，复近于原形。边缘都参差如夏云头，镶着日光，发出水银色焰。凡是我所经过的河，都是如此。

现在我所见的故事也如此。水中的青天的底子，一切事物统在上面交错，织成一篇，永是生动，永是展开，我看不见这一篇的结束。

河边枯柳树下的几株瘦削的一丈红，该是村女种的罢。大红花和斑红花，都在水里面浮动，忽而碎散，拉长了，如缕缕的胭脂水，然而没有晕。茅屋，狗，塔，村女，云……也都浮动着。大红花一朵朵全被拉长了，这时是泼剌奔迸的红锦带。带织入狗中，狗织入白云中，白云织入村女中……在一瞬间，他们又将退缩了。但斑红花影也已碎散，伸长，就要织进塔，村女，狗，茅屋，云里去。

现在我所见的故事清楚起来了，美丽，幽雅，有趣，而且分明。青天上面，有无数美的人和美的事，我一一看见，——知道。

我就要凝视他们……

我正要凝视他们时，骤然一惊，睁开眼，云锦也已皱蹙，凌乱，仿佛有谁掷一块大石下河水中，水波陡然起立，将整篇的影子撕成片片了。我无意识地赶忙捏住几乎坠地的《初学记》，眼前还剩着几点虹霓色的碎影。

我真爱这一篇好的故事，趁碎影还在，我要追回他，完成他，留下他。我抛了书，欠身伸手去取笔，——何尝有一丝碎影，只见昏暗的灯光，我不在小船里了。

但我总记得见过这一篇好的故事，在昏沉的夜……

一九二五年二月二十四日。

# 过 客 <sup>*</sup>

时：

　　或一日的黄昏。

地：

　　或一处。

人：

　　老翁——约七十岁，白须发，黑长袍。

　　女孩——约十岁，紫发，乌眼珠，白地黑方格长衫。

　　过客——约三四十岁，状态困顿倔强，眼光阴沉，黑须，乱发，黑色短衣裤皆破碎，赤足著破鞋，胁下挂一

---

　　* 本篇最初发表于 1925 年 3 月 9 日《语丝》周刊第十七期。

个口袋，支着等身的竹杖。

东，是几株杂树和瓦砾；西，是荒凉破败的丛葬；其间有一条似路非路的痕迹。一间小土屋向这痕迹开着一扇门；门侧有一段枯树根。

（女孩正要将坐在树根上的老翁搀起。）

翁——孩子。喂，孩子！怎么不动了呢？

孩——（向东望着，）有谁走来了，看一看罢。

翁——不用看他。扶我进去罢。太阳要下去了。

孩——我，——看一看。

翁——唉，你这孩子！天天看见天，看见土，看见风，还不够好看么？什么也不比这些好看。你偏是要看谁。太阳下去时候出现的东西，不会给你什么好处的。……还是进去罢。

孩——可是，已经近来了。阿阿，是一个乞丐。

翁——乞丐？不见得罢。

（过客从东面的杂树间跄踉走出，暂时踌躇之后，慢慢地走近老翁去。）

客——老丈，你晚上好？

翁——阿，好！托福。你好？

客——老丈，我实在冒昧，我想在你那里讨一杯水喝。我走得渴极了。这地方又没有一个池塘，一个水洼。

翁——唔，可以可以。你请坐罢。（向女孩）孩子，你拿水来，杯子要洗干净。

（女孩默默地走进土屋去。）

翁——客官，你请坐。你是怎么称呼的。

客——称呼？——我不知道。从我还能记得的时候起，我就只一个人。我不知道我本来叫什么。我一路走，有时人们也随便称呼我，各式各样地，我也记不清楚了，况且相同的称呼也没有听到过第二回。

翁——阿阿。那么，你是从那里来的呢？

客——（略略迟疑，）我不知道。从我还能记得的时候起，我就在这么走。

翁——对了。那么，我可以问你到那里去么？

客——自然可以。——但是，我不知道。从我还能记得的时候起，我就在这么走，要走到一个地方去，这地方就在前面。我单记得走了许多路，现在来到这里了。我接着就要走向那边去，（西指，）前面！

（女孩小心地捧出一个木杯来，递去。）

客——（接杯，）多谢，姑娘。（将水两口喝尽，还杯，）多谢，姑娘。这真是少有的好意。我真不知道应该怎样感激！

翁——不要这么感激。这于你是没有好处的。

客——是的，这于我没有好处。可是我现在很恢复了些力气了。我就要前去。老丈，你大约是久住在这里的，你可知道前面是怎么一个所在么？

翁——前面？前面，是坟。

客——（诧异地，）坟？

孩——不，不，不的。那里有许多许多野百合，野蔷薇，我常常去玩，去看他们的。

客——（西顾，仿佛微笑，）不错。那些地方有许多许多野百合，野蔷薇，我也常常去玩过，去看过的。但是，那是坟。（向老翁，）老丈，走完了那坟地之后呢？

翁——走完之后？那我可不知道。我没有走过。

客——不知道？！

孩——我也不知道。

翁——我单知道南边；北边；东边，你的来路。那是我最熟悉的地方，也许倒是于你们最好的地方。你莫怪我多嘴，据我看来，你已经这么劳顿了，还不如回转去，因为你前去也料不定可能走完。

客——料不定可能走完？……（沉思，忽然惊起，）那不行！我只得走。回到那里去，就没一处没有名目，没一处没有地主，没一处没有驱逐和牢笼，没一处没有皮面的笑容，没一处没有眶外的眼泪。我憎恶他们，我不回转去！

翁——那也不然。你也会遇见心底的眼泪，为你的悲哀。

客——不。我不愿看见他们心底的眼泪，不要他们为我的悲哀！

翁——那么，你，（摇头，）你只得走了。

客——是的，我只得走了。况且还有声音常在前面催促我，叫唤我，使我息不下。可恨的是我的脚早经走破了，有许多伤，流了许多血。（举起一足给老人看，）因此，我的血不够了；我要喝些血。但血在那里呢？可是我也不愿意喝无论谁的血。我只得喝些水，来补充我的血。一路上总有水，我倒也并不感到什么不足。只是我的力气太稀薄了，血里面太多了水的缘故罢。今天连一个小水洼也遇不到，也就是少走了路的缘故罢。

翁——那也未必。太阳下去了，我想，还不如休息一会的好罢，像我似的。

客——但是，那前面的声音叫我走。

翁——我知道。

客——你知道？你知道那声音么？

翁——是的。他似乎曾经也叫过我。

客——那也就是现在叫我的声音么？

翁——那我可不知道。他也就是叫过几声，我不理他，他也就不叫了，我也就记不清楚了。

客——唉唉，不理他……（沉思，忽然吃惊，倾听着，）不行！我还是走的好。我息不下。可恨我的脚早经走破了。（准备走路。）

孩——给你！（递给一片布，）裹上你的伤去。

客——多谢，（接取，）姑娘。这真是……这真是极少有的好意。这能使我可以走更多的路。（就断砖坐下，要将布缠在踝上，）但是，不行！（竭力站起，）姑娘，还了你罢，还是裹不下。况且这太多的好意，我没法感激。

翁——你不要这么感激，这于你没有好处。

客——是的，这于我没有什么好处。但在我，这布施是最上的东西了。你看，我全身上可有这样的。

翁——你不要当真就是。

客——是的。但是我不能。我怕我会这样：倘使我得到了谁的布施，我就要像兀鹰看见死尸一样，在四近徘徊，祝愿她的灭亡，给我亲自看见；或者咒诅她以外的一切全都灭亡，连我自己，因为我就应该得到咒诅。但是我还没有这样的力量；即使有这力量，我也不愿意她有这样的境遇，因为她们大概总不愿意有这样的境遇。我想，这最稳当。（向女孩，）姑娘，你这布片太好，可是太小一点了，还了你罢。

孩——（惊惧，退后，）我不要了！你带走！

客——（似笑，）哦哦，……因为我拿过了？

孩——（点头，指口袋，）你装在那里，去玩玩。

客——（颓唐地退后，）但这背在身上，怎么走呢？……

翁——你息不下，也就背不动。——休息一会，就没有什么了。

客——对咧，休息……（默想，但忽然惊醒，倾听。）不，我不能！我还是走好。

翁——你总不愿意休息么？

客——我愿意休息。

翁——那么，你就休息一会罢。

客——但是，我不能……

翁——你总还是觉得走好么？

客——是的。还是走好。

翁——那么，你也还是走好罢。

客——（将腰一伸，）好，我告别了。我很感谢你们。（向着女孩，）姑娘，这还你，请你收回去。

（女孩惊惧，敛手，要躲进土屋里去。）

翁——你带去罢。要是太重了，可以随时抛在坟地里面的。

孩——（走向前，）阿阿，那不行！

客——阿阿，那不行的。

翁——那么，你挂在野百合野蔷薇上就是了。

孩——（拍手，）哈哈！好！

客——哦哦……

（极暂时中，沉默。）

翁——那么，再见了。祝你平安。（站起，向女孩，）孩子，扶我进去罢。你看，太阳早已下去了。（转身向门。）

客——多谢你们。祝你们平安。（徘徊，沉思，忽然吃惊，）然而我不能！我只得走。我还是走好罢……（即刻昂了头，奋然向西走去。）

（女孩扶老人走进土屋，随即阖了门。过客向野地里跄踉地闯进去，夜色跟在他后面。）

一九二五年三月二日。

# 死　火 *

我梦见自己在冰山间奔驰。

这是高大的冰山，上接冰天，天上冻云弥漫，片片
如鱼鳞模样。山麓有冰树林，枝叶都如松杉。一切冰冷，
一切青白。

但我忽然坠在冰谷中。

上下四旁无不冰冷，青白。而一切青白冰上，却有
红影无数，纠结如珊瑚网。我俯看脚下，有火焰在。

这是死火。有炎炎的形，但毫不摇动，全体冰结，
像珊瑚枝；尖端还有凝固的黑烟，疑这才从火宅中出，

---

* 本篇最初发表于 1925 年 5 月 4 日《语丝》周刊第
二十五期。

所以枯焦。这样，映在冰的四壁，而且互相反映，化为无量数影，使这冰谷，成红珊瑚色。

哈哈！

当我幼小的时候，本就爱看快舰激起的浪花，洪炉喷出的烈焰。不但爱看，还想看清。可惜他们都息息变幻，永无定形。虽然凝视又凝视，总不留下怎样一定的迹象。

死的火焰，现在先得到了你了！

我拾起死火，正要细看，那冷气已使我的指头焦灼；但是，我还熬着，将他塞入衣袋中间。冰谷四面，登时完全青白。我一面思索着走出冰谷的法子。

我的身上喷出一缕黑烟，上升如铁线蛇。冰谷四面，又登时满有红焰流动，如大火聚，将我包围。我低头一看，死火已经燃烧，烧穿了我的衣裳，流在冰地上了。

"唉，朋友！你用了你的温热，将我惊醒了。"他说。

我连忙和他招呼，问他名姓。

"我原先被人遗弃在冰谷中，"他答非所问地说，"遗弃我的早已灭亡，消尽了。我也被冰冻冻得要死。倘使你不给我温热，使我重行烧起，我不久就须灭亡。"

"你的醒来，使我欢喜。我正在想着走出冰谷的方法；我愿意携带你去，使你永不冰结，永得燃烧。"

"唉唉！那么，我将烧完！"

"你的烧完，使我惋惜。我便将你留下，仍在这里罢。"

"唉唉！那么，我将冻灭了！"

"那么，怎么办呢？"

"但你自己，又怎么办呢？"他反而问。

"我说过了：我要出这冰谷……"

"那我就不如烧完！"

他忽而跃起，如红彗星，并我都出冰谷口外。有大石车突然驰来，我终于碾死在车轮底下，但我还来得及看见那车就坠入冰谷中。

"哈哈！你们是再也遇不着死火了！"我得意地笑着说，仿佛就愿意这样似的。

一九二五年四月二十三日。

# 狗的驳诘 *

我梦见自己在隘巷中行走，衣履破碎，像乞食者。

一条狗在背后叫起来了。

我傲慢地回顾，叱咤说：

"呔！住口！你这势利的狗！"

"嘻嘻！"他笑了，还接着说，"不敢，愧不如人呢。"

"什么！？"我气愤了，觉得这是一个极端的侮辱。

"我惭愧：我终于还不知道分别铜和银；还不知道分别布和绸；还不知道分别官和民；还不知道分别主和奴；

--------

*　本篇最初发表于 1925 年 5 月 4 日《语丝》周刊第二十五期。

还不知道……"

我逃走了。

"且慢！我们再谈谈……"他在后面大声挽留。

我一径逃走，尽力地走，直到逃出梦境，躺在自己
的床上。

一九二五年四月二十三日。

# 失掉的好地狱 *

　　我梦见自己躺在床上,在荒寒的野外,地狱的旁边。一切鬼魂们的叫唤无不低微,然有秩序,与火焰的怒吼,油的沸腾,钢叉的震颤相和鸣,造成醉心的大乐,布告三界:地下太平。

　　有一伟大的男子站在我面前,美丽,慈悲,遍身有大光辉,然而我知道他是魔鬼。

　　"一切都已完结,一切都已完结!可怜的鬼魂们将那好的地狱失掉了!"他悲愤地说,于是坐下,讲给我一

---

　　* 本篇最初发表于1925年6月22日《语丝》周刊第三十二期。鲁迅在《〈野草〉英文译本序》中说:"但这地狱也必须失掉。这是由几个有雄辩和辣手,而那时还未得志的英雄们的脸色和语气所告诉我的。我于是作《失掉的好地狱》。"

个他所知道的故事——

　　"天地作蜂蜜色的时候，就是魔鬼战胜天神，掌握了主宰一切的大威权的时候。他收得天国，收得人间，也收得地狱。他于是亲临地狱，坐在中央，遍身发大光辉，照见一切鬼众。

　　"地狱原已废弛得很久了：剑树消却光芒；沸油的边际早不腾涌；大火聚有时不过冒些青烟，远处还萌生曼陀罗花，花极细小，惨白可怜。——那是不足为奇的，因为地上曾经大被焚烧，自然失了他的肥沃。

　　"鬼魂们在冷油温火里醒来，从魔鬼的光辉中看见地狱小花，惨白可怜，被大蛊惑，倏忽间记起人世，默想至不知几多年，遂同时向着人间，发一声反狱的绝叫。

　　"人类便应声而起，仗义执言，与魔鬼战斗。战声遍满三界，远过雷霆。终于运大谋略，布大网罗，使魔鬼并且不得不从地狱出走。最后的胜利，是地狱门上也竖了人类的旌旗！

　　"当鬼魂们一齐欢呼时，人类的整饬地狱使者已临地狱，坐在中央，用了人类的威严，叱咤一切鬼众。

　　"当鬼魂们又发一声反狱的绝叫时，即已成为人类的叛徒，得到永劫沉沦的罚，迁入剑树林的中央。

　　"人类于是完全掌握了主宰地狱的大威权，那威棱且在魔鬼以上。人类于是整顿废弛,先给牛首阿旁以最高的俸草;而且,添薪加火,磨砺刀山,使地狱全体改观,一洗先前颓废的气象。

"曼陀罗花立即焦枯了。油一样沸;刀一样铦;火一样热;鬼众一样呻吟,一样宛转,至于都不暇记起失掉的好地狱。

"这是人类的成功,是鬼魂的不幸……

"朋友,你在猜疑我了。是的,你是人!我且去寻野兽和恶鬼……"

一九二五年六月十六日。

# 墓碣文 *

　　我梦见自己正和墓碣对立，读着上面的刻辞。那墓
碣似是沙石所制，剥落很多，又有苔藓丛生，仅存有限
的文句——

　　　　……于浩歌狂热之际中寒；于天上看见
深渊。于一切眼中看见无所有；于无所希望中
得救。……
　　　　……有一游魂，化为长蛇，口有毒牙。不
以啮人，自啮其身，终以殒颠。……
　　　　……离开！……

--------

　　＊　本篇最初发表于 1925 年 6 月 22 日《语丝》周刊第
三十二期。

我绕到碣后，才见孤坟，上无草木，且已颓坏。即从大阙口中，窥见死尸，胸腹俱破，中无心肝。而脸上却绝不显哀乐之状，但蒙蒙如烟然。

我在疑惧中不及回身，然而已看见墓碣阴面的残存的文句——

　　……抉心自食，欲知本味。创痛酷烈，本味何能知？……

　　……痛定之后，徐徐食之。然其心已陈旧，本味又何由知？……

　　……答我。否则，离开！……

我就要离开。而死尸已在坟中坐起，口唇不动，然而说——

"待我成尘时，你将见我的微笑！"

我疾走，不敢反顾，生怕看见他的追随。

一九二五年六月十七日。

# 颓败线的颤动 *

　　我梦见自己在做梦。自身不知所在,眼前却有一间在深夜中紧闭的小屋的内部,但也看见屋上瓦松的茂密的森林。

　　板桌上的灯罩是新拭的,照得屋子里分外明亮。在光明中,在破榻上,在初不相识的披毛的强悍的肉块底下,有瘦弱渺小的身躯,为饥饿,苦痛,惊异,羞辱,欢欣而颤动。弛缓,然而尚且丰腴的皮肤光润了;青白的两颊泛出轻红,如铅上涂了胭脂水。

　　灯火也因惊惧而缩小了,东方已经发白。

－－－－－－－－－－

　　*　本篇最初发表于 1925 年 7 月 13 日《语丝》周刊第三十五期。

然而空中还弥漫地摇动着饥饿，苦痛，惊异，羞辱，欢欣的波涛……

　　"妈！"约略两岁的女孩被门的开阖声惊醒，在草席围着的屋角的地上叫起来了。

　　"还早哩，再睡一会罢！"她惊惶地说。

　　"妈！我饿，肚子痛。我们今天能有什么吃的？"

　　"我们今天有吃的了。等一会有卖烧饼的来，妈就买给你。"她欣慰地更加紧捏着掌中的小银片，低微的声音悲凉地发抖，走近屋角去一看她的女儿，移开草席，抱起来放在破榻上。

　　"还早哩，再睡一会罢。"她说着，同时抬起眼睛，无可告诉地一看破旧的屋顶上的天空。

　　空中突然另起了一个很大的波涛，和先前的相撞击，回旋而成旋涡，将一切并我尽行淹没，口鼻都不能呼吸。

　　我呻吟着醒来，窗外满是如银的月色，离天明还很辽远似的。


　　我自身不知所在，眼前却有一间在深夜中紧闭的小屋的内部，我自己知道是在续着残梦。可是梦的年代隔了许多年了。屋的内外已经这样整齐；里面是青年的夫妻，一群小孩子，都怨恨鄙夷地对着一个垂老的女人。

"我们没有脸见人，就只因为你，"男人气忿地说。"你还以为养大了她，其实正是害苦了她，倒不如小时候饿死的好！"

　　"使我委屈一世的就是你！"女的说。

　　"还要带累了我！"男的说。

　　"还要带累他们哩！"女的说，指着孩子们。

　　最小的一个正玩着一片干芦叶，这时便向空中一挥，仿佛一柄钢刀，大声说道：

　　"杀！"

　　那垂老的女人口角正在痉挛，登时一怔，接着便都平静，不多时候，她冷静地，骨立的石像似的站起来了。她开开板门，迈步在深夜中走出，遗弃了背后一切的冷骂和毒笑。

　　她在深夜中尽走，一直走到无边的荒野；四面都是荒野，头上只有高天，并无一个虫鸟飞过。她赤身露体地，石像似的站在荒野的中央，于一刹那间照见过往的一切：饥饿，苦痛，惊异，羞辱，欢欣，于是发抖；害苦，委屈，带累，于是痉挛；杀，于是平静。……又于一刹那间将一切并合：眷念与决绝，爱抚与复仇，养育与歼除，祝福与咒诅……她于是举两手尽量向天，口唇间漏出人与兽的，非人间所有，所以无词的言语。

当她说出无词的言语时，她那伟大如石像，然而已经荒废的，颓败的身躯的全面都颤动了。这颤动点点如鱼鳞，每一鳞都起伏如沸水在烈火上；空中也即刻一同振颤，仿佛暴风雨中的荒海的波涛。

　　她于是抬起眼睛向着天空，并无词的言语也沉默尽绝，惟有颤动，辐射若太阳光，使空中的波涛立刻回旋，如遭飓风，汹涌奔腾于无边的荒野。

　　我梦魇了，自己却知道是因为将手搁在胸脯上了的缘故；我梦中还用尽平生之力，要将这十分沉重的手移开。

　　　　　　　　　　一九二五年六月二十九日。

# 立　论 *

　　我梦见自己正在小学校的讲堂上预备作文，向老师请教立论的方法。

　　"难！"老师从眼镜圈外斜射出眼光来，看着我，说。"我告诉你一件事——

　　"一家人家生了一个男孩，合家高兴透顶了。满月的时候，抱出来给客人看，——大概自然是想得一点好兆头。

　　"一个说：'这孩子将来要发财的。'他于是得到一番感谢。

　　"一个说：'这孩子将来要做官的。'他于是收回几句

_____

　　*　本篇最初发表于 1925 年 7 月 13 日《语丝》周刊第三十五期。

恭维。

"一个说：'这孩子将来是要死的。'他于是得到一顿大家合力的痛打。

"说要死的必然，说富贵的许谎。但说谎的得好报，说必然的遭打。你……"

"我愿意既不谎人，也不遭打。那么，老师，我得怎么说呢？"

"那么，你得说：'啊呀！这孩子呵！您瞧！多么……阿唷！哈哈！ Hehe! he，hehehehe!'"

一九二五年七月八日。

# 死　后 <sup>*</sup>

我梦见自己死在道路上。

这是那里，我怎么到这里来，怎么死的，这些事我全不明白。总之，待到我自己知道已经死掉的时候，就已经死在那里了。

听到几声喜鹊叫，接着是一阵乌老鸦。空气很清爽，——虽然也带些土气息，——大约正当黎明时候罢。我想睁开眼睛来，他却丝毫也不动，简直不像是我的眼睛；于是想抬手，也一样。

恐怖的利镞忽然穿透我的心了。在我生存时，曾经

----

　　* 本篇最初发表于 1925 年 7 月 20 日《语丝》周刊第三十六期。

玩笑地设想：假使一个人的死亡，只是运动神经的废灭，而知觉还在，那就比全死了更可怕。谁知道我的预想竟的中了，我自己就在证实这预想。

听到脚步声，走路的罢。一辆独轮车从我的头边推过，大约是重载的，轧轧地叫得人心烦，还有些牙齿齼。很觉得满眼绯红，一定是太阳上来了。那么，我的脸是朝东的。但那都没有什么关系。切切嚓嚓的人声，看热闹的。他们踹起黄土来，飞进我的鼻孔，使我想打喷嚏了，但终于没有打，仅有想打的心。

陆陆续续地又是脚步声，都到近旁就停下，还有更多的低语声：看的人多起来了。我忽然很想听听他们的议论。但同时想，我生存时说的什么批评不值一笑的话，大概是违心之论罢：才死，就露了破绽了。然而还是听；然而毕竟得不到结论，归纳起来不过是这样——

“死了？……”

“嗡。——这……”

“哼！……”

“啧。……唉！……”

我十分高兴，因为始终没有听到一个熟识的声音。否则，或者害得他们伤心；或则要使他们快意；或则要使他们加添些饭后闲谈的材料，多破费宝贵的工夫；这都会使我很抱歉。现在谁也看不见，就是谁也不受影响。好了，总算对得起人了！

　　但是，大约是一个马蚁，在我的脊梁上爬着，痒痒的。我一点也不能动，已经没有除去他的能力了；倘在平时，只将身子一扭，就能使他退避。而且，大腿上又爬着一个哩！你们是做什么的？虫豸！？

　　事情可更坏了：嗡的一声，就有一个青蝇停在我的颧骨上，走了几步，又一飞，开口便舐我的鼻尖。我懊恼地想：足下，我不是什么伟人，你无须到我身上来寻做论的材料……但是不能说出来。他却从鼻尖跑下，又用冷舌头来舐我的嘴唇了，不知道可是表示亲爱。还有几个则聚在眉毛上，跨一步，我的毛根就一摇。实在使我烦厌得不堪，——不堪之至。

　　忽然，一阵风，一片东西从上面盖下来，他们就一同飞开了，临走时还说——

　　"惜哉！……"

　　我愤怒得几乎昏厥过去。


　　木材摔在地上的钝重的声音同着地面的震动，使我忽然清醒，前额上感着芦席的条纹。但那芦席就被掀去了，又立刻感到了日光的灼热。还听得有人说——

“怎么要死在这里？……”

　　这声音离我很近，他正弯着腰罢。但人应该死在那里呢？我先前以为人在地上虽没有任意生存的权利，却总有任意死掉的权利的。现在才知道并不然，也很难适合人们的公意。可惜我久没了纸笔；即有也不能写，而且即使写了也没有地方发表了。只好就这样地抛开。

　　有人来抬我，也不知道是谁。听到刀鞘声，还有巡警在这里罢，在我所不应该“死在这里”的这里。我被翻了几个转身，便觉得向上一举，又往下一沉；又听得盖了盖，钉着钉。但是，奇怪，只钉了两个。难道这里的棺材钉，是只钉两个的么？

　　我想：这回是六面碰壁，外加钉子。真是完全失败，呜呼哀哉了！……

　　“气闷！……”我又想。

　　然而我其实却比先前已经宁静得多，虽然知不清埋了没有。在手背上触到草席的条纹，觉得这尸衾倒也不恶。只不知道是谁给我化钱的，可惜！但是，可恶，收敛的小子们！我背后的小衫的一角皱起来了，他们并不给我拉平，现在抵得我很难受。你们以为死人无知，做事就这样地草率么？哈哈！

我的身体似乎比活的时候要重得多，所以压着衣皱便格外的不舒服。但我想，不久就可以习惯的；或者就要腐烂，不至于再有什么大麻烦。此刻还不如静静地静着想。

　　"您好？您死了么？"

　　是一个颇为耳熟的声音。睁眼看时，却是勃古斋旧书铺的跑外的小伙计。不见约有二十多年了，倒还是那一副老样子。我又看看六面的壁，委实太毛糙，简直毫没有加过一点修刮，锯绒还是毛毵毵的。

　　"那不碍事，那不要紧。"他说，一面打开暗蓝色布的包裹来。"这是明板《公羊传》，嘉靖黑口本，给您送来了。您留下他罢。这是……"

　　"你！"我诧异地看定他的眼睛，说，"你莫非真正胡涂了？你看我这模样，还要看什么明板？……"

　　"那可以看，那不碍事。"

　　我即刻闭上眼睛，因为对他很烦厌。停了一会，没有声息，他大约走了。但是似乎一个马蚁又在脖子上爬起来，终于爬到脸上，只绕着眼眶转圈子。


　　万不料人的思想，是死掉之后也还会变化的。忽而，有一种力将我的心的平安冲破；同时，许多梦也都做在眼前了。几个朋友祝我安乐，几个仇敌祝我灭亡。我却总是既不安乐，也不灭亡地不上不下地生活下来，都不能副任何一面的期望。现在又影一般死掉了，连仇敌也不使知道，不肯赠给他们一点惠而不费的欢欣。……

我觉得在快意中要哭出来。这大概是我死后第一次的哭。

然而终于也没有眼泪流下；只看见眼前仿佛有火花一闪，我于是坐了起来。

一九二五年七月十二日。

# 这样的战士 *

要有这样的一种战士——

已不是蒙昧如非洲土人而背着雪亮的毛瑟枪的；也并不疲惫如中国绿营兵而却佩着盒子炮。他毫无乞灵于牛皮和废铁的甲胄；他只有自己，但拿着蛮人所用的，脱手一掷的投枪。

他走进无物之阵，所遇见的都对他一式点头。他知道这点头就是敌人的武器，是杀人不见血的武器，许多战士都在此灭亡，正如炮弹一般，使猛士无所用其力。

那些头上有各种旗帜，绣出各样好名称：慈善家，

---

\* 本篇最初发表于 1925 年 12 月 21 日《语丝》周刊第五十八期。鲁迅在《〈野草〉英文译本序》里说："《这样的战士》，是有感于文人学士们帮助军阀而作。"

学者，文士，长者，青年，雅人，君子……头下有各样外套，绣出各式好花样：学问，道德，国粹，民意，逻辑，公义，东方文明……

但他举起了投枪。

他们都同声立了誓来讲说，他们的心都在胸膛的中央，和别的偏心的人类两样。他们都在胸前放着护心镜，就为自己也深信心在胸膛中央的事作证。

但他举起了投枪。

他微笑，偏侧一掷，却正中了他们的心窝。

一切都颓然倒地；——然而只有一件外套，其中无物。无物之物已经脱走，得了胜利，因为他这时成了戕害慈善家等类的罪人。

但他举起了投枪。

他在无物之阵中大踏步走，再见一式的点头，各种的旗帜，各样的外套……

但他举起了投枪。

他终于在无物之阵中老衰，寿终。他终于不是战士，但无物之物则是胜者。

在这样的境地里，谁也不闻战叫：太平。

太平……

但他举起了投枪！

一九二五年十二月十四日。

# 聪明人和傻子和奴才 *

奴才总不过是寻人诉苦。只要这样，也只能这样。有一日，他遇到一个聪明人。

"先生！"他悲哀地说，眼泪联成一线，就从眼角上直流下来。"你知道的。我所过的简直不是人的生活。吃的是一天未必有一餐，这一餐又不过是高粱皮，连猪狗都不要吃的，尚且只有一小碗……"

"这实在令人同情。"聪明人也惨然说。

"可不是么！"他高兴了。"可是做工是昼夜无休息的：清早担水晚烧饭，上午跑街夜磨面，晴洗衣裳雨张

---

* 本篇最初发表于 1926 年 1 月 4 日《语丝》周刊第六十期。

伞，冬烧汽炉夏打扇。半夜要煨银耳，侍候主人要钱；头钱从来没分，有时还挨皮鞭……”

“唉唉……”聪明人叹息着，眼圈有些发红，似乎要下泪。

“先生！我这样是敷衍不下去的。我总得另外想法子。可是什么法子呢？……”

“我想，你总会好起来……”

“是么？但愿如此。可是我对先生诉了冤苦，又得你的同情和慰安，已经舒坦得不少了。可见天理没有灭绝……”

但是，不几日，他又不平起来了，仍然寻人去诉苦。

“先生！”他流着眼泪说，“你知道的。我住的简直比猪窠还不如。主人并不将我当人；他对他的叭儿狗还要好到几万倍……”

“混帐！”那人大叫起来，使他吃惊了。那人是一个傻子。

“先生，我住的只是一间破小屋，又湿，又阴，满是臭虫，睡下去就咬得真可以。秽气冲着鼻子，四面又没有一个窗……”

“你不会要你的主人开一个窗的么？”

“这怎么行？……”

"那么，你带我去看去！"

傻子跟奴才到他屋外，动手就砸那泥墙。

"先生！你干什么？"他大惊地说。

"我给你打开一个窗洞来。"

"这不行！主人要骂的！"

"管他呢！"他仍然砸。

"人来呀！强盗在毁咱们的屋子了！快来呀！迟一点可要打出窟窿来了！……"他哭嚷着，在地上团团地打滚。

一群奴才都出来了，将傻子赶走。

听到了喊声，慢慢地最后出来的是主人。

"有强盗要来毁咱们的屋子，我首先叫喊起来，大家一同把他赶走了。"他恭敬而得胜地说。

"你不错。"主人这样夸奖他。

这一天就来了许多慰问的人，聪明人也在内。

"先生。这回因为我有功，主人夸奖了我了。你先前说我总会好起来，实在是有先见之明……"他大有希望似的高兴地说。

"可不是么……"聪明人也代为高兴似的回答他。

一九二五年十二月二十六日。

# 腊　叶 *

　　灯下看《雁门集》，忽然翻出一片压干的枫叶来。

　　这使我记起去年的深秋。繁霜夜降，木叶多半凋零，庭前的一株小小的枫树也变成红色了。我曾绕树徘徊，细看叶片的颜色，当他青葱的时候是从没有这么注意的。他也并非全树通红，最多的是浅绛，有几片则在绯红地上，还带着几团浓绿。一片独有一点蛀孔，镶着乌黑的花边，在红，黄和绿的斑驳中，明眸似的向人凝视。我自念：这是病叶呵！便将他摘了下来，夹在刚才买到的《雁门集》里。大概是愿使这将坠的被蚀而斑斓的颜色，

　　* 本篇最初发表于 1926 年 1 月 4 日《语丝》周刊第六十期。鲁迅在《〈野草〉英文译本序》中说："《腊叶》，是为爱我者的想要保存我而作的。"

暂得保存，不即与群叶一同飘散罢。

但今夜他却黄蜡似的躺在我的眼前，那眸子也不复似去年一般灼灼。假使再过几年，旧时的颜色在我记忆中消去，怕连我也不知道他何以夹在书里面的原因了。将坠的病叶的斑斓，似乎也只能在极短时中相对，更何况是葱郁的呢。看看窗外，很能耐寒的树木也早经秃尽了；枫树更何消说得。当深秋时，想来也许有和这去年的模样相似的病叶的罢，但可惜我今年竟没有赏玩秋树的余闲。

一九二五年十二月二十六日。

# 淡淡的血痕中 <sup>*</sup>

## ——记念几个死者和生者和未生者

目前的造物主，还是一个怯弱者。

他暗暗地使天变地异，却不敢毁灭一个这地球；暗暗地使生物衰亡，却不敢长存一切尸体；暗暗地使人类流血，却不敢使血色永远鲜秾；暗暗地使人类受苦，却不敢使人类永远记得。

他专为他的同类——人类中的怯弱者——设想，用废墟荒坟来衬托华屋，用时光来冲淡苦痛和血痕；日日斟出一杯微甘的苦酒，不太少，不太多，以能微醉为度，

---

　　* 本篇最初发表于 1926 年 4 月 19 日《语丝》周刊第七十五期。

递给人间，使饮者可以哭，可以歌，也如醒，也如醉，若有知，若无知，也欲死，也欲生。他必须使一切也欲生；他还没有灭尽人类的勇气。

几片废墟和几个荒坟散在地上，映以淡淡的血痕，人们都在其间咀嚼着人我的渺茫的悲苦。但是不肯吐弃，以为究竟胜于空虚，各各自称为"天之僇民"，以作咀嚼着人我的渺茫的悲苦的辩解，而且悚息着静待新的悲苦的到来。新的，这就使他们恐惧，而又渴欲相遇。

这都是造物主的良民。他就需要这样。

叛逆的猛士出于人间；他屹立着，洞见一切已改和现有的废墟和荒坟，记得一切深广和久远的苦痛，正视一切重叠淤积的凝血，深知一切已死，方生，将生和未生。他看透了造化的把戏；他将要起来使人类苏生，或者使人类灭尽，这些造物主的良民们。

造物主，怯弱者，羞惭了，于是伏藏。天地在猛士的眼中于是变色。

一九二六年四月八日。

# 一　觉 *

　　飞机负了掷下炸弹的使命，像学校的上课似的，每日上午在北京城上飞行。　每听得机件搏击空气的声音，我常觉到一种轻微的紧张，宛然目睹了"死"的袭来，但同时也深切地感着"生"的存在。

　　隐约听到一二爆发声以后，飞机嗡嗡地叫着，冉冉地飞去了。也许有人死伤了罢，然而天下却似乎更显得太平。窗外的白杨的嫩叶，在日光下发乌金光；榆叶梅也比昨日开得更烂漫。收拾了散乱满床的日报，拂去昨夜聚在书桌上的苍白的微尘，我的四方的小书斋，今日

---

　　* 本篇最初发表于 1926 年 4 月 19 日《语丝》周刊第七十五期。鲁迅在《〈野草〉英文译本序》中说："奉天派和直隶派军阀战争的时候，作《一觉》。"

也依然是所谓"窗明几净"。

因为或一种原因，我开手编校那历来积压在我这里的青年作者的文稿了；我要全都给一个清理。我照作品的年月看下去，这些不肯涂脂抹粉的青年们的魂灵便依次屹立在我眼前。他们是绰约的，是纯真的，——阿，然而他们苦恼了，呻吟了，愤怒，而且终于粗暴了，我的可爱的青年们！

魂灵被风沙打击得粗暴，因为这是人的魂灵，我爱这样的魂灵；我愿意在无形无色的鲜血淋漓的粗暴上接吻。漂渺的名园中，奇花盛开着，红颜的静女正在超然无事地逍遥，鹤唳一声，白云郁然而起……这自然使人神往的罢，然而我总记得我活在人间。

我忽然记起一件事：两三年前，我在北京大学的教员预备室里，看见进来了一个并不熟识的青年，默默地给我一包书，便出去了，打开看时，是一本《浅草》。就在这默默中，使我懂得了许多话。阿，这赠品是多么丰饶呵！可惜那《浅草》不再出版了，似乎只成了《沉钟》的前身。那《沉钟》就在这风沙汹洞中，深深地在人海的底里寂寞地鸣动。

野蓟经了几乎致命的摧折，还要开一朵小花，我记得托尔斯泰曾受了很大的感动，因此写出一篇小说来。

但是，草木在旱干的沙漠中间，拚命伸长他的根，吸取深地中的水泉，来造成碧绿的林莽，自然是为了自己的"生"的，然而使疲劳枯渴的旅人，一见就怡然觉得遇到了暂时息肩之所，这是如何的可以感激，而且可以悲哀的事！？

《沉钟》的《无题》——代启事——说："有人说：我们的社会是一片沙漠。——如果当真是一片沙漠，这虽然荒漠一点也还静肃；虽然寂寞一点也还会使你感觉苍茫。何至于像这样的混沌，这样的阴沉，而且这样的离奇变幻！"

是的，青年的魂灵屹立在我眼前，他们已经粗暴了，或者将要粗暴了，然而我爱这些流血和隐痛的魂灵，因为他使我觉得是在人间，是在人间活着。

在编校中夕阳居然西下，灯火给我接续的光。各样的青春在眼前一一驰去了，身外但有昏黄环绕。我疲劳着，捏着纸烟，在无名的思想中静静地合了眼睛，看见很长的梦。忽而惊觉，身外也还是环绕着昏黄；烟篆在不动的空气中上升，如几片小小夏云，徐徐幻出难以指名的形象。

一九二六年四月十日。

# 编后记

《别诸弟（庚子二月）》被认为是鲁迅现存最早的诗作。据周作人日记及其著作《鲁迅的故家》和《鲁迅小说里的人物》记载，1900年早春，鲁迅在南京江南陆师学堂所设的矿务铁路学堂读书回家过寒假，寒假结束后，在回到南京后托同学所带的家信中，抄录了《别诸弟（庚子二月）》三首。

南京是鲁迅离开故乡外出求学的第一站。周作人在《鲁迅小说里的人物·南京》一文中说："鲁迅往南京去，第一个进去的学校是江南水师学堂……他于戊戌春间进去，大概不到一年便出来了，于己亥改进了江南陆师学堂里附设的矿路学堂。"鲁迅到南京读书前和读书后，和周作人之间，经常有书信往来，也会在家书中夹寄诗文。周作人日记中多有记录，比如在戊戌年二月日记中说："廿四日：晴。接绍廿三日函，附来文诗各两篇。文题一云'义然后取'，二云'无如寡人之用心者'；诗题一云'百花生日'（得花字），二云'红杏枝头春意闹'（得枝字），寿洙邻先生改。"周作人认为在戊戌年初，鲁迅还在三味书屋受业，"不过只是所谓'遥从'，便是不再上学，因为在好几年前他'十一经'早已读完了，现在是在家里自做诗文，送去请先生批改而已"。（《鲁迅小说里的人物》附录一《旧日记里的鲁迅》）又如戊戌年三月二十日，周作人日记云："下午接绍函，并文诗各两篇。文题一云'左右皆曰贤'，二云'人告之以过则喜'；诗题一云'苔痕上阶绿'（得苔字），二云'满地梨花昨夜风'（得风字）。"周作人在说起鲁迅写作这些诗文时，有说明云："这些八股文试帖诗，现在说起来，有些人差不多已经不大明白是怎么样的东西了，但是在那时候是读书人唯一的功课，谁都非做不可的。"（《鲁迅小说里的人物》附录一《旧日记里的鲁迅》）

周作人日记里所记的"绍"，是指绍兴。"绍函"，即绍兴来信。此时周作人住在杭州花牌楼，陪侍因科考案入狱的祖父。关于这一段生活，周作人在《鲁迅的故家》

里有较详细的记述。我有一年在上海小住，曾认真读过这本书，并根据这段材料，写了一篇《花牌楼》的中篇小说，发表在某一年的《文学港》杂志上。从周作人这两篇日记看，鲁迅此时还没有到南京读书，在家写八股文和试帖诗。他把经过先生修改的诗文寄给周作人看，一来是让周作人欣赏他的诗文，二来也有让周作人学习诗文的写作技巧之意，毕竟鲁迅比他年长几岁，诗文比他要好，还有先生的批改，通过对照原文和批改文，能提高写作技艺。周作人这两段日记很有意思，说明虽然鲁迅已经不再跟着老师读书了，诗文还是做的。不久后鲁迅去南京读书，在和周作人通信中，还会有诗文唱和。

鲁迅是戊戌年闰三月从绍兴去南京读书的。周作人在《旧日记里的鲁迅》一文中也有日记抄录，并详细说明了经过：戊戌年"闰三月初九日：雨。接越初七日函，云欲往金陵，已说妥云，并升叔柬一。""十二日：细雨，旋晴。下午兄同仲翔叔来，予同去。""十三日：晴，上午豫亭兄来别。"这里的豫亭，就是鲁迅。鲁迅本来号豫山。据周作人说，因为容易被人叫作"雨伞"，所以改了一个字，初为豫亭，后又改成豫才。这里的"升叔"，即鲁迅祖父的小儿子，比鲁迅先到江南水师学堂读书。他是怎么去读书的呢？周作人也有说明，曰："因为那时有本家（介孚公的同曾祖的堂弟）在江南水师学堂当监督，所以跑去找他，考进学校，至甲辰年毕业。"周作人这三段日记里所说的"翔叔"，即这位监督的次子。周作人说："所谓说妥大概是由仲翔去信接洽，伯升在旁帮助，事情成功了，鲁迅这才写信到杭州来，形式是请祖父允许，事实上却是非去不可，隔了一日就已经出来了。"从此，鲁迅开始正式在南京读书了。到了庚子年三月十五日，周作人收到鲁迅托同学从南京带回来的"洋四元"和"诗三首"的这封信。信中的三首诗，就是《别诸弟（庚子二月）》。

　　这里补记一笔：据周作人推测，这个带钱带诗的同学大概是丁耀卿，因为在全班同学中，只有他是绍兴人。不幸的是，丁耀卿因为肺病早早就去世了，周作人在辛丑年日记里有记载："十二月初三日：星期，放假。上午大哥来谈，云丁耀卿兄已于上月廿六日晚逝世，一叹。"周作人在《旧日记里的鲁迅》中有进一步的说明："他家在绍兴昌安门外，是鲁迅的同班好友，也是封燮臣家的亲戚，八月初到下关去迎接他们，因患肺病以至喉头结核，已经声哑了，却不情愿回家去，终于客死南京。"鲁迅为好友作有一副挽联，云：

男儿死耳，恨壮志未酬，何日令威归华表。

魂兮归去，知夜台难瞑，深更幽魄绕萱帏。


这时候，周作人也到了南京，和鲁迅进了同一所学校读书了。

鲁迅旧学功底深厚，一生作旧诗并不多，但早年在南京读书期间，却作了《别诸弟（庚子二月）》《莲蓬人》《庚子送灶即事》《祭书神文》《和仲弟送别原韵（并跋）》《惜花四律（步湘州藏春园主人元韵）》等多首。

我们还回到庚子年。

鲁迅在南京求学期间，会在寒暑假里回到绍兴，和周作人一起，游玩、看戏、购书、走亲访友，周作人的日记里多有记载，如庚子年日记："十二月朔日：雨。黎明忽闻叩门声，急起视之，乃是大哥自江南回来，喜出望外。""初三日：晴。上午同大哥往大街，又往试前一游。大哥购《曲园墨戏》一本，《百衲琴对句》一本，板颇佳。""初八日：晴。上午同大哥往试前，邀鸣山叔同去，至大路荣禄春吃饺子，又往长庆寺一游，见老媪甚多，聚大殿中念佛。""十五日：晴冷。晨同大哥往大坊口看迎春，至则尚早，良久会稽典史始至，随至五云门外，即回。至东桑桥，山阴典史亦至，少顷山阴会稽两知县继至。天气甚冷，即行回家，日已亭午矣。春牛头白，腹背黄，胫青，角耳尾黑。""廿三日：晴冷。夜送灶，大哥作一绝送之，予和一首。""廿八日：晴。下午同大哥往大街，购李长吉《昌谷集》不得，遂购毛鹿纸一刀而返，计二百张，价洋五角。""三十日：晴。下午接神，晚拜像，又向诸尊长辞岁。饭后同豫才兄祭书神长恩，作文侑之，稿存后。"从这段日记中得知，鲁迅回家过寒假时，和周作人经常逛街、看景、游玩，还买了几本书，特别是买了一本《曲园墨戏》。这本书的作者系国学大师俞曲园，老先生以字为画，虽然自称"墨戏"，亦颇为巧妙、有趣，作者未曾收入《春在堂全集》。更让人津津乐道的是，是书作者的曾孙俞平伯，多年后在北京大学读书，成为了鲁迅和周作人的学生。而在送灶和除夕这两天，鲁迅写了两首诗，这就是本集中的《庚子送灶即事》和《祭书神文》。送灶是春节期间的传统节日，是为了规避灾祸、祈求福愿的一种仪式。段成式在《酉阳杂俎》卷十四里说："灶神名隗，状如美女。又姓张名单字子郭……常以月晦日上天，白人罪状。"鲁迅家是传统大家族，在祭灶后，鲁迅做诗一首，周作人又和一首，又是另一种纪念。

在全国范围内，民间都有祭灶的传统，日期大多在腊月二十三，也有在腊月二十四的。我小时候生活在农村，我们村的祭灶日就不一样，我家是二十三祭灶，村西"圩里"就是二十四。烧灶纸时，嘴里也要说些祝词。我祖母的祝词是："腊月二十三，送灶老上天关，多带粮食少带草，多多带俩精腚小。""精腚小"就是光着屁股的小伙子的意思。我们方言说小伙子的发音是"小服"，且"服"字是气声，发不出音来。我母亲在有一年祭灶后，给我们讲一个故事，说她小时候和她祖母一起祭灶，她三叔叔在祭灶时说了对灶神不敬的话，被她祖母当场打了一顿，她三叔叔是这么说的："腊月二十三，灶老上天关，三天不动锅，容我慢慢（跟你）谈。"旧时祭灶，有三天不动锅的习俗——现在看来，这话也不算什么不敬。即便是祭灶，各地各家的重视程度也不一样。想必鲁迅的家乡绍兴更加重视，对锅灶有一种更高的崇拜。周作人在《鲁迅小说里的人物》里，有一篇《拆灶》，说过去故乡的村民发生纠纷，都是以拆灶为终结。"无论是家族或村庄聚众进攻，都是械斗的性质，假如对方同样的聚众对抗，便可能闹大，但得胜者的目的不在杀伤，只是浩浩荡荡的直奔敌人家去，走到厨下，用大竹杠通入灶门，多人用力向上一抬，那灶便即坍坏，他们也就退去了。似乎灶是那一家的最高代表，拆了灶便是完全坍台，如要恢复名誉，只有卷土重来，进行反攻，否则有人调停，即是屈服和解了。"

而在除夕祭书神，如今知道的人就不多了。海州板浦李汝珍在其神怪小说《镜花缘》八十七回中有这样一段话："潘丽春道：古人言，司书之仙名长恩，到了除夕，呼名祭之，蠹鱼不生，鼠亦不啮。妹子每每用之有效。但遇梅雨时也要勤晒，若听其朽烂，大约这位书仙也不管了。"这里所说的"书神"的名字叫长恩。对于"书神长恩"的最早记载，有人考证是宋初吴淑的《秘阁闲话》，书中有这样的话："司书鬼曰长恩，除夕呼其名而祭之；鼠不敢啮，蠹鱼不生。"宋元时郭象的《睽车志》、元人伊世珍的《琅环记》、明人张岱的《夜航船》、无名氏所撰的《致虚阁杂俎》等书所记载，字句与《秘阁闲话》基本相同，李汝珍在《镜花缘》借潘丽春所言，也是这样。

周作人在辛丑日记中继续记录了他和鲁迅的活动："辛丑正月初七日：晴。晚饭后同大哥下舟往道墟。出城已黄昏，放舟至道墟时过半夜，在官舱睡，夜中屡醒，不能安眠。""初八日：晴。晨饭后大哥往章宅拜岁。上午转至吴融马宅拜岁，留饭。午后开船至寺东社庙看戏，大哥往观，予不去。夜予亦去看，《更鸡》一剧颇佳，夜半回船寝。""初九日：晴。晨放舟至啸唫，早饭后往阮宅拜岁，少坐。回棹过贺家池，水天一色，城外巨浸之一也。下午回家。""廿三日：晴暖。下午同大哥及子衡叔往楼下陈看戏，遇朱氏舟，坐少顷，看演《盗草》《蔡庄》《四杰村》等。""廿五日：晴。上午大哥收拾行李，傍晚同椒生叔祖、子衡叔启行往宁。夜，用戛剑生《别诸弟》原韵，作七绝三首以送之。"这个寒假，鲁迅和周作人的日常生活还是十分丰富的，访亲拜岁，夜宿船中，还看了戏。在日记中还让人感受到，鲁迅和周作人在青少年时期的感情是十分深厚的。特别是在寒假结束前，鲁迅和同族长辈去南京后，周作人又大发诗情，用《别诸弟（庚子二月）》原韵，作诗三首：

（页边）167
编后记

> 一片征帆逐雁驰，江干烟树已离离。
> 苍茫独立增惆怅，却忆联床话雨时。
>
> 小桥杨柳野人家，酒入愁肠恨转加。
> 芍药不知离别苦，当阶犹自发春花。
>
> 家食于今又一年，美人破浪泛楼船。
> 自惭鱼鹿终无就，欲拟灵均问昊天。

诗成以后，周作人于正月二十八日把诗发往南京，并请鲁迅作答。鲁迅的回复于二月二十四到了绍兴周作人的手上，这就是本书收录的《和仲弟送别原韵（并跋）》三首。不久之后，即辛丑年三月初二日，周作人收到鲁迅写给他的信，并夹有诗四首，这就是《惜花四律（步湘州藏春园主人元韵）》，按以往惯例，周作人把鲁迅的四首诗抄在了日记里。据周作人《旧日记里的鲁迅》一文说：这个藏春园主人"不知道这人是谁，只在介孚公带回的《海上文社日录》上见到原唱，上系'湘州'字样，可能是湖南人吧，鲁迅看见便来和了四首，也并未寄去，因为文社征诗还是以前的事情，这时早已过期了"。周作人是辛丑年八月初六到达南京的，七月十二日时，周作人日记云："祖母六旬寿辰。下午接大哥函，初六日发，云已与椒生叔祖说定，令予往宁，充水师副额学生，并属予于八月中同封燮臣君出去。""八月初六日：小雨。上午江永船到南京下关，午至水师学堂，见椒生叔祖及升叔，少顷大哥亦至，傍晚回去。"至此，鲁迅和周作人就同在南京了。

可以这么说，如果没有周作人早年在日记里抄录了鲁迅的诗，《鲁迅诗歌》就很难有现在的规模。同时，厘清鲁迅在青少年时期写作这些诗时的生活经历和文学活动，对理解鲁迅的早期思想和后期思想的形成，也大有帮助。这里需要多说一句，因为鲁迅旧学功底扎实，又读了大量的杂书，使他在青少年时期的诗作就高出了同时代人的水准，比如"文章得失不由天"一句，就体现出相当高的艺术高度。诚然，这一句是从杜甫"文章千古事，得失寸心知"及陆游"文章本天成，妙手偶得之"演化而来，甚至还有陆游"灼然由我不由天"句式的活剥和套用，却说明鲁迅确实已经纯熟地掌握并发扬了诗艺技巧。而从他早期的六组十多首旧诗看，他化用、借用古人诗句及历史掌故和野史笔记里的趣事逸闻入诗的，有十多处，而且能游刃有余，得心应手，这都和他大量的阅读、思考和早期的活动分不开。后来，鲁迅到日本留学，眼界更为开阔，思想开始成熟，从写作《自题小像》开始，其诗歌风格和思想境界的演进，这里不作多赘。

这本《鲁迅诗歌》在选编过程中，还收录了鲁迅夹写在别的文章里的诗歌和一些译诗、童谣、民谣，不少都是别的鲁迅诗歌选集里没有收录的，比如《南京民谣》《好东西歌》《公民科歌》《"言词争执"歌》等。为了较全面反映鲁迅的诗歌创作，理顺从诗歌创作这条脉络中鲁迅思想的形成和发展，还把鲁迅的散文诗《野草》全部作为附录附后。

由于水平有限，选编不足之处，还望读者朋友批评指正。

陈　武

2022 年 2 月 14 日于北京常营天街鸿儒文轩